人到中年更是理直氣壯

中年だって 生きている

酒井順子
吳怡文 譯

導讀／女校生的男子氣：酒井順子

新井一二三

如今的日本國、高中大多都男女共學。可是，有一部分名校仍舊保留男女分學的傳統。這些學校的管理階層認為：兩性分開的環境裡，教育效率會更高，兩性特色也能更好地發揮出來。最近的一項調查結果顯示：在日本，職業上成功的女性當中，女校畢業生占的比率明顯偏高，估計是國高中階段，她們的領導角色沒總被男同學搶走的緣故。本書作者酒井順子（一九六六—）可以說是其中一個例子。她還在讀六年制立教女學院的高中時期，就開始在《Olive》雙週刊上，以瑪格麗特・酒井的筆名連載專欄「女高中生的面談時間」，至今三十五年一直受同一世代女性讀者的熱烈支持，光是維基百科全書列舉的著作就超過六十種。

一九八二年創刊的《Olive》雜誌，最初是針對於男青年讀者的《Popeye》之妹妹版本。然而，它很快就跟美國西岸品味的哥哥雜誌劃清界線，開始走想像中的法國少女品味路線了。在男性中心主義的《Popeye》上，出現的女生永遠是被動的客體，擁有豐滿的肉體。《Olive》

推出的倒是作為主體的女生，例如法國作家佛蘭西絲・莎崗那樣，而且擁有奧黛麗・赫本般瘦小的肢體。二〇一四年，酒井出版《Olive的圈套》一書，而文中指出：它在時裝雜誌的表面下隱藏著女性主義「為自己而活」的理念，對不受男性視線的干擾，傾向於獨立獨步的女校生較容易接受；之所以是「圈套」乃世上凡事有得則有失，《Olive》的讀者們也許無意中放棄了成家生育這一條路。

酒井順子從立教大學社會學系畢業以後，在日本第二大廣告公司博報堂工作了三年，然後獨立當上了自由作家。正逢泡沫經濟時期，平面媒體頗為繁榮，紛紛約她撰寫都會女性觀點的專欄。那些文章結集而成的書，自一九八八年起年復一年直到今年都不停地出版。她個子矮小外貌不揚，卻有與眾不同的風格，即使不美也絕對好看，甚至有點男子氣，估計是女校生活中為自己仔細定位的結果。

一九八六年日本實施了男女雇用均等法，《Olive》的讀者們幾乎無例外地成為了職業女性。從二十幾到三十出頭，酒井寫的都是單身職業女性的生活；早期經濟景氣特別好，使得她們的日子既寬裕又快樂，具體來說是美食、紅酒、歐洲、夏威夷，後來的衰退也來得緩慢。然後，二〇〇三年出版的《敗犬的遠吠》爆紅，她便以「敗犬」一詞獲得了第二年的流行語大賞。之前專門屬於女校生圈子的酒井順子，這回翻身為屬於廣大日本社會的評論家，活動範圍擴大到《週刊文春》、《週刊現代》等男性雜誌去了。「敗犬」指的是：超過三十歲、未婚、未生育的女性。她們的自我感覺良好，可是別人總要說三道四，所以酒井提出的戰術是：主動認輸，自稱為「敗犬」，以此贏得不再被「勝犬」們干涉的自由。那時酒井三十七，快要走過生育界線，撰文的內容也從喧嘩的消費文化慢慢兒轉變為鐵道旅行、京都、儒教、古典文學等等，適合於男女兩性讀者的題目了。

這一本《人到中年，更是理直氣壯》的日文原版，於二〇一五年五月從集英社出版，五個月後就再版，可見往年的瑪格麗特．酒井仍舊擁有一群忠實讀者。值得一提的是，這些年酒井的書迷從清一色的《Olive》派女性開始包括一些男性。他們顯然為工作或個人生活，需要理解這群單身女性的想法；而不愧為男子氣的女校生，酒井的文筆兼有理性和感性，叫男性讀者都看得明白。酒井都四十好幾，快五十歲的人了，早就送走了父母，老同學們則開始談更年期的種種症狀了。雖然到了中年，單身的日子變化不大；然而，世界上，很多空間是留給年輕人或者成對的男女，例如夏威夷的海灘。該怎麼辦？她接著這一本於二〇一六年二月出版的《沒有孩子的人生》（子の無い人生）更加暢銷，在三個月內就四刷了。

酒井順子的成就，當然一方面來自她的文才和寫作經驗，另一方面相信也來自在廣告公司任職時候學會的市場觀念；她特別會掌握大夥現在對什麼題目感興趣。例如，關於中年單身人士的生活或沒有孩子的晚年，有親身體會的人不少，然而能以輕鬆筆調描寫討論的人卻不多。所以，就泡沫經濟一代人的生活和思想，廣大日本社會將來也會繼續關注瑪格麗特・酒井的意見。如今她作品被翻成中文能面對台灣讀者，我非常高興。如果這一本合口味的話，酒井順子的作品庫存挺多的。希望以後還會有其他作品繼續在台灣以及華文圈問世。

（本文作者為日本作家、明治大學教授）

作者序

久違多時，重讀向田邦子小姐的作品，發現了「中年增」這個辭彙。看著這個字，我心想：「『中年』這個字的辭源，該不會是『中年增』吧？」如果「年增」也有大中小之分，中年增指的應該是四十多歲吧……我查了《廣辭苑》，裡頭寫著：「所謂中年增，就是中等程度的年歲增長」，指的似乎是「從二十三、四歲開始，到二十八、九歲左右的女性」。舊時的「年增」，真的好年輕啊。

之所以開始對這樣的字眼變得敏感，當然是因為我正值中年。我已步入中年多時，之後應該也會暫時處於中年階段。根據《廣辭苑》解釋，中年乃是「介於青年和老年之間的那幾年」，所以現在的我處於中間那幾年的正中央，也就是正中年。

中年人總是會面臨所謂的中年危機，會突然感到不安，心想「這樣好嗎？」，或者失去目標，這應該是因為中年就是被垂吊在「中間」的年紀吧！雖然無法重返年少，但就此接受自己已經年老，也未免太早。展開新的旅程會不會太晚？以後的狀況是否會有所改變？身體或容貌都已經明顯衰老……中年人被種種不安包圍。

而且此時，也會被「中」特有的壓力糾纏。在年輕人看來，雖然經濟上足堪依賴，但「已經沒有搞頭了」，完全就是老人；而在老年人看來，同樣地認為稍可倚靠於經濟，同時卻也被期待要付出看護的勞力。就像企業中的中階主管，是一個被眾人壓迫的辛苦世代。

不管是中年還是中階主管，所有處於「中間」立場的人，被卡在中間，所以非常吃苦耐勞。同樣道理也可以套用在國「中」生身上，所謂國中生，指的是以學生這個角色來說，處於「中間」階段的妙齡男女，但不是孩子也並非大人的這個立場，常常讓他們感到鬱悶。

國中生在身體上會明顯出現第二性徵，很多地方都開始隆起或長出毛髮，是一個常會讓人感到害羞的階段。雖然腦海中不斷出現各種幻想，卻沒有實現幻想的膽量和經濟能力，在社會上也不被當作成年人……完全就是不上不下。我想，強迫國中生參加社團活動，應該就是為了讓他們忘記那種鬱悶。

我回想自己的國中時代，也是成天心懷鬱悶地泡在社團活動。看到以剛剛變聲的聲音說話，穿著鬆垮的制服（估計孩子會再長高，父母總是會買稍微大一點的尺寸）走在路上的國中生，我總是很想對他們說：「上了高中一切就會穩定，再忍耐一下。」

國中生不是太美的生物。因為處於從孩子轉變成大人的過渡期，荷爾蒙分泌旺盛，臉上冒出青春痘，不論男女都會長出淡淡的鬍子。孩童時期的可愛樣貌早已消失無蹤，卻還看不到高中生的嬌嫩欲滴，完全就是一隻「醜小鴨」。

因為處於小孩和大人之間，一看就是不知道該穿什麼衣服才好的模樣。雖然已經無法穿著童裝，但大人的服裝也不合適、美感也尚未成熟，只好穿著帶有混搭味道的便服。

最近，我只要看到這樣的國中生，就會不禁產生一股同情。因為我認為「國中生和中年的關係，宛如一正一負」。如果說國中生是荷爾蒙分泌最旺盛的時期，中年則是荷爾蒙減少最快速的階段；國中生為青春痘煩惱，中年人的肌膚卻因荷爾蒙減少而變得粗糙、皺紋劇增，而且，如果說國中生是第一次面對「性」這件事的年齡，中年則屬停經的無性階段，是要開始思考和性告別的年齡。

不知該穿什麼才好，也是國中生和中年人的共通點。在時尚界，「童裝」、「青少年服飾」、「中年婦女服飾」、「熟齡婦女服飾」這幾種類別清楚分立。童裝，是「展現孩童可愛之處，並且方便活動」的服裝，青少年服飾應該是「讓年輕人展現出對異性的吸引力，藉以和生育有更好連結」的服裝。而中年婦女服飾和熟齡婦女服飾，則是強調寬鬆舒適、穿脫容易，和肌膚觸感佳等機能性服裝。

但是，時下中年女性追求的，並非只是穿起來很輕鬆的中年婦女服飾。最近，雖然出現了這類針對中年人設計的時尚品牌，但對中年人來說，還是得思考「該穿什麼才好」。

說到這裡，可能有人會「感到疑惑」。

「所謂中年女性，不就是歐巴桑嗎？歐巴桑和中年女性有什麼差別？」

這一點，我想除了正值中年的女性，應該都無法理解，所以，我來稍微解釋一下。現今的中年女性幾乎都認為「我雖然是中年人，但可不是歐巴桑」。雖然嘴裡說：「因為我都已經是歐巴桑了……」，但這只是基於「只要這麼說，身邊的人應該都會覺得我很上道吧」這層顧慮，所說的客套話。

包括我在內，「覺得自己雖然已屆中年，但並非歐巴桑」的人，都覺得「中年」是一個表示年齡的字眼，而「歐巴桑」則是顯示心靈狀態的辭彙。也就是說，我們認為「的確，我不是二十歲，也不是三十歲，而是道道地地的中年人。不過，不管是打扮還是體重，我都很在意，搭電車時，也不會爭先恐後搶位子。總之，我絕不是什麼歐巴桑」。

相信「自己雖然已步入中年，但並非歐巴桑」的女性，在日本被視為罕見的新品種生物。首先，這類女性與其說有經濟能力，倒不如說有極高的消費欲望。因為她們在泡沫經濟時期度過青春歲月，也就是所謂的泡沫世代，所以，完全不抗拒高額消費，也絲毫沒有罪惡感。

我們這個世代經常被說成「消費先鋒」。在日本景氣不好時，只有我們這個世代依舊在消費。看到我們這些人，年輕一輩總語帶諷刺地說：「感覺好『泡沫』啊～」但是，泡沫世代那股永遠不會衰退的消費欲望，卻為晦暗消沉的日本持續點亮一盞明燈。

即使到了現在，我們的消費欲望還是受到眾人期待。中年人對不開車、不出國，也不去時尚點的餐廳，只是悠閒賴在家裡的年輕人淡淡看了一眼，自己不斷地玩樂、購物、移轉。

我可以理解年輕人為什麼會對中年人冷眼相看。

「那些人，永遠都是珠光寶氣的。」

「泡沫世代只是虛有其表，在公司完全派不上用場。」

「只要一說到泡沫世代有多麼了不起，就會有人憤恨不平地說：『都是因為你們這些人，我們才會這麼辛苦』。」

年輕世代總是像這樣冷冷地看著中年人。

但是，我想對這些年輕世代說：「我們也累了。」看著會吹笛子卻無法跳舞的年輕人，中年人心想「我們不跳的話怎麼辦」，於是，只好拚了老命跳。雖然也可能只是單純因為「想要跳舞」，但有時卻是雖然腰痠背痛，但依然勉強跳著。年輕人應該不知道，有些中年人因為安靜的舞池實在太過哀傷，幾乎是哭喪著臉在跳舞。

我們也是還無法退休的世代。因為年輕世代不肯接棒，而一直無法從舞池中退場。

當然，這也和我們自己的意願有關。我們這個世代，有很多人就算已經結婚生子，還是繼續工作。甚至有些中年女性即使結婚、生子，也不會放棄當一個「有魅力的人」。

過去的女性一旦結婚生子，在心態上就覺得自己已經是「歐巴桑」。當孩子的朋友對著自己說「阿姨好」，再穿上歐巴桑裝，就會更覺得自己是個歐巴桑。

相對地，就像之前提到的，現在的中年女性，就算已經踏入中年，卻不是歐巴桑。即使生了小孩，還是沒有放棄「要讓異性繼續把自己當個女人看待」、「想永遠受到讚美」。

媒體也注意到這樣的女性。刊載著「如果想永遠受到讚美，該怎麼做呢？」這類主題的中年女性雜誌不斷創刊，其中包含擅長以雜誌封面勾起女性欲望的光文社，以及《VERY》、《STORY》等雜誌。《美ＳＴ》雜誌將未曾出現老態的美麗中年女性稱為「美魔女」，甚至還舉行「國民美魔女選拔」。

美魔女畢竟只是一群特殊的人。在我身邊的都是普通的中年婦女，大家都說：

「美魔女究竟在哪裡？」

「那應該是宛如尼斯湖水怪一般的夢幻生物吧，真的存在嗎？」

但是，看了那一類雜誌後，她們開始焦慮了。甚至有人覺得，世上的中年女性都是受歡迎的美女，擁有幸福的家庭和體面的工作，如果不是美魔女，就不是合格的中年人。

步入四十歲後依舊美麗且大受歡迎的女性開始抬頭的現象，以女性的平均壽命來說，或許是自然趨勢。二戰剛結束時，日本女性的平均壽命約五十四歲。在那之後，平均壽命快速延長，到了一九六〇年，已經高達七十歲。

就在五十年前，日本女性還認為「人生一趟，七十載」，這樣的話，在接近五十歲時，應該會覺得「差不多要開始準備身後事了」。

但是現在，日本女性的平均壽命逐漸逼近九十歲，九十多歲的女性一點也不罕見。當轉變為「人生一趟，九十載」之後，自我感覺當然也會跟著變化。如果人生一趟七十載，就得快點把孩子生下、養大。但是，人生如果有九十年，凡事就會變得都不用太急。

壽命變長了，但子宮和卵巢的功能卻沒有提升，這一點也成了現代的問題。如果可以配合人生一趟九十載的時代，到六十歲都還可以排卵，那就再好不過，然而，不知為何，子宮和卵巢的功能依舊和人生一趟七十載的時代一樣。所以，步入中年，終於想要生個孩子的女性會非常驚訝：「咦，卵子也會老化嗎!?」

卵子的老化似乎還無法阻止，不過，人類卻拚命地想要阻止其他部位老化。白髮可以染黑，斑點可以用雷射去除，長皺紋可以打肉毒桿菌，牙齒可以透過漂白變成純白色，只要花錢，所有人都可以變成某種程度的美魔女。

如果活了九十年，卻只有老年時期變長，那就太無趣。可能的話，希望可以年輕漂亮地活著……會這麼想也是人之常情。

美魔女之所以會增加，我想背後應該是這個原因，但是，對一般中年人來說，這也是導致疲勞的因素。我們總是在想：「要永遠努力下去嗎？」

中年，原本就不會太美麗。即將枯萎的花朵，就是因為不久前還盛開綻放，才顯得格外醜陋。我發現，就像即將枯萎的花朵會比徹底枯萎的花朵來得醜一樣，相較於老年，中年帶有一種不祥的醜陋。

但是，精神衰老的速度，未必和肉體衰老的速度一致。在肉體急遽老化的過程中，如果只有「我還年輕」這個意識依舊存在，而肉體和精神的方向性差異太大，常會變得前後矛盾。

在大家都抱持著「我是歐巴桑」這種心態的年代，這種矛盾不存在。就因為出現了自認為「我雖然已步入中年，但並不是歐巴桑」或「我是美魔女」的人，本來應該以「歐巴桑」身分走完人生的女性，不管外表還是精神，都開始變得不安定。這種不安定是很醜陋的。

當然，我覺得自己內心也充滿這種醜陋。之所以從一旁觀看中年女性的身影時會覺得「好醜……」，就是因為自己心中也有相同醜陋，也就是說，自己陷入了「蝦蟆的油」的狀態。

我認為，永遠無法承認自己是一個歐巴桑的中年人，會一點點地顯露醜陋和不安。這是在人生一趟九十載的時代，踏入中年期的泡沫世代特有的新手分泌物。美魔女們開朗地笑著，彷彿沒有這種分泌物一般，但我卻明顯感受到手指上，沾染著自己黏呼呼的汁液。

當這種分泌物徹底流光，步入乾巴巴的「老年」後，我們應該會變得很輕鬆吧！但這應該會像國中生變成高中生的過程一般，不是瞬間變得輕鬆。我們這個世代應該不會這麼輕易就放棄「永遠美麗受人歡迎」的野心。或許，我們不會變成歐巴桑，也不會變成老奶奶，就這樣一直活到九十歲，永遠不知該如何面對已經過了半輩子的自己。

在本書中，我寫下了中年人下半輩子的生活。在人生一趟七十載的時代無法想像、必須生活在漫長且半濕不乾時代的苦惱和焦慮，現在，在這裡……

目錄

花的顏色

中年，是很流行舉辦同學會的人生階段。抱著小孩、手忙腳亂的時期已經結束，各自的家庭狀態也大致趨於安定時，應該會突然想起過去的事吧。

最近，因為臉書等網路社群盛行，很輕易就能聯繫上昔日好友。不僅可以和倘若沒有社群網絡，便可能終生音訊全無的老朋友碰面，也有很多人和以前的戀人取得聯繫。臉書之所以會在中年人之間瘋狂流行，就是因為它是和「想重溫過去」這種中年時期的渴望頻率相互一致的系統。

我也很喜歡重溫過往。雖然有一些冷淡無情的人會認為，就算和以前的朋友碰面又能如何，但是，我實在無法抗拒細細咀嚼過往回憶這種甜蜜的誘惑。

同學會等和昔日友人碰面時的一大樂趣，就是觀察和自己同齡朋友外表的變化。那個人一點兒都沒變，這個人變了好多，因為改變的方向實在太詭異，該不會是整型吧？那種焦急和驚訝的心情實在非常有趣。

我念的是女子高中，同學會上清一色都是女性，但也因為如此，有很多人說：

「以同學會為目標，開始減肥。」

「我要去保養。」

同性之間互相觀看的標準非常嚴格。

「嗯～來參加同學會的人，只有那些對現狀還算滿意的人。」

雖然參加同學會的老師，一語道破這個誰都不能說出口的事實，但是，如果對自己的外表沒有「某種程度的滿意」，應該也不會出席。

以我來說，在同學會上感到滿心愉悅的時刻，就是看到「很漂亮的人」和「很老的人」時。看到漂亮的人，會很單純地受到激勵：「即使到了這個年紀，還是這麼美麗。」以前，只要和美女在一起，就會因為自己只能扮演陪襯的角色而感到沮喪。但是，步入中年，卻會被身旁人的容貌吸引。我覺得和樣貌衰老的人在一起，自己會顯得更老，所以我會盡量和漂亮的人在一起。

看到「老態畢露的人」的那股欣喜非常單純，就只是覺得鬆了一口氣：「自己不是最糟糕的。」小孩會藉著決定目標、而後排擠，讓某個孩子居於「下位」，設法讓自己覺得「我不是最糟糕的」；同學會上的中年人也一樣，若發現比自己衰老的人，就會覺得很安心：「變這麼老，真是可憐，我還比她好一點。」

最讓出席同學會的人開心的是，「以前的美女變老了」。在青少年時代，對女孩子來說，「身為美女」這件事是可以勝過一切的優勢。不管是出色的成績、良好的教養，還是善良的性格，在漂亮的臉蛋前，都會立刻顯得遜色。

不過，美女不會永遠那麼美麗。有人發胖後還是美女，五官立體突出的美人，則比生來長得一副平安臉（譯註：即為皮膚白嫩細緻、雙頰柔軟豐滿，是日本平安時代的美女標準。）的人更早受到地心引力的影響。

當我們看到「以前的美女已經老了」，心中便會雀躍不已。過去的美女，在高中時代，位於學校種姓制度的最高階級，意即刹帝利（＝上）。處於吠舍（＝中）和首陀羅（下）階級的人民，總是由下仰望著刹帝利，當時，有些人會毅然決然放棄：「太悲傷了，這樣的關係應該永遠不會改變吧！」

但是，在那之後過了三十年，大家再度碰面時，很意外地，種姓制度的排列順序似乎出現改變。當然，有人不管是高中或現在，都是刹帝利。但其中，也有已經老去的前刹帝利，過去是吠舍或首陀羅的人，變得非常美麗。

印度的種姓制度基本上從祖先開始就不會改變，但是步入中年後，我們發現容貌的種姓制度並不固定，歲月的力量就是這般強大。

高中時代，在美醜種姓制度上位居最高層級的人，或許可說是「太早抵達高峰」。以「人生一趟六十載」這個時代的體內感覺來說，就像十八歲左右便已盛開，很快就會枯萎。

但是，在女性平均壽命接近九十歲的現在，當十八歲的盛開階段結束後，往後的日子就辛苦了。在最初的綻放使盡力氣，等到第二泡、第三泡時，就再也無法飄散香氣……

相對地，在吠舍和首陀羅中，雖然有怎麼樣都開不了花的人，不過，也有人只是「開得慢了一些」。或許在高中時期不怎麼亮眼，但那只是保存實力而已。因為五官不是太立體，即使到了中年，也不太容易長皺紋，或者，因為自己和丈夫的經濟狀況都不錯，可以為了保養容貌，花下大把銀子。基於各種原因，也有人是到了中年，才擁有最美麗的容顏。我們也可以看到過去樣貌平凡的人，變得比前美女更漂亮，這種現象堪稱臥薪嘗膽、捲土重來，或是以下制上。

但是，「前美女已經年老」這個事實，雖然給我們以下制上的快感，同時也帶來不祥和恐懼，那是一種「世事無常」、「祇園精舍鐘聲響，響出諸行本無常」，或「娑羅雙樹花之色，顯現盛者必衰理」的感覺。

日本人在過去就感受到老去的前美女散發出的不祥之感。在傳統藝術，特別是在能劇中，經常被提及。

在能劇中，講述小野小町的戲碼有七齣。包括深草少將風雨無阻造訪小町，講述擅長和歌的小町的「小町好出色」（小町はすがい）系列有三齣，以展現百歲小町衰老且骨瘦如柴的淒慘模樣為主題的「衰老小町」（小町老残）系列有四齣。

除了小町系列，能劇也喜歡以老女為主題。描寫衰老小町的《關寺小町》，和《檜垣》、《姨捨》這三齣，統稱為「三老女」。

同樣是傳統藝術，在歌舞伎和文樂中較受歡迎的角色，幾乎都是年輕女性。因為歌舞伎和文樂屬於庶民藝術，大家想看的是愛情、迷戀這種容易理解的情節，所以老女出現的場合，多半是擔任主角的母親或祖母這些配角。

相對地，以武士為主角的能劇，透過老女的頻繁出場，強烈表達出武士不得不意識到的世事無常。老女這種角色，在數量眾多的能劇戲碼中非常重要。特別是三老女中的《關寺小町》，被視為最精采、深奧的戲碼，演出的機會不是很多。謠曲的作者在老女這種生物中，看到人類的宿命、悲傷和世事無常等深奧之處。

雖然無意嘲笑老女，但是，相較於能劇對待老翁的方式，老女在能劇中的地位明顯不同。在能劇中，一說到「老翁」，就是長壽和幸福之神。雖是老人，但那種衰老的模樣卻備受寵愛。相對老女表現的則是「長壽女人的悲慘模樣」，身上帶著一股濕氣。

長壽的女人為什麼那麼悲慘呢？那是因為女人「以前很美麗」。曾經是絕世美女的人年老的身影，讓人無法想像她美女時代的模樣。面對這樣的巨變，不僅是舊時的人們，我們應該也會同樣感到恐懼和不安。

就因小野小町曾經是位美女，所以在能劇的世界中總是被描寫成老女。醜女就算老了，因為只是醜陋→老醜，改變相當細微，人們不會有太大的感覺。但是，絕世美女一旦年老，那大幅落差就帶有深遠的意義。

小野小町是日本的代表性美女。不但極受歡迎，和歌也唱得非常好，可說是才貌雙全。但我認為，還有一個重要關鍵是，「她也認為自己是個美女」。

「下著綿綿的春雨時，櫻花很空虛地褪色了，就一如為戀愛與世間諸事煩惱時，我的美貌也衰退了。」

（花の色は　うつりにけりな　いたづらに　我が身世にふる　ながめせしまに）

有人說，在《百人一首》中相當有名的這首歌中，所提到的「花的顏色」指的就是「自己的容貌」，他們認為「就是因為意識到自己的美麗，小町才會唱這樣的歌」。

但也有人不贊同這種說法，認為一定要問過本人才知道小町唱〈花的顏色〉時，真正想表達的意思。但是，後世想把「花的顏色」解釋成「小町的容貌」也是事實，每個人都希望她感嘆自己容貌的衰退。因為，雖然一般人都喜歡美女，但他們也希望「美女遭逢不幸」。能劇中描繪落魄、衰老的小町時，經常會出現這樣的背景。幾乎所有美麗且帶有靈氣的女性，年老後依然飄散著一股靈氣。

小野小町的事講得有點多了。現在我們在同學會上看到前美女的衰老身影而失聲驚叫的狀況，雖然程度小得多，但應該也是同樣的感覺。在《卒都婆小町》中的小野小町，被描繪成腰上掛著卒都婆（譯註：立於墓碑後的細長木牌，藉以供養亡者。）的乞丐婆。年輕時被自己冷淡對待的深草少將的怨念，很快便附著在年老的小町身上。在同學會上碰到的前小町，年輕時極為耀眼奪目，雖然和有錢人結婚，後來卻離婚了，步入中年後，一直想要流浪出走……完全就是卒都婆小町的縮影。

美女的老化告訴我們「無常」的意義。就像美麗盛開的花朵很快就會凋謝，美女的容貌也會有消失的一天。已經衰老的前美女身影讓我們知道，沒有任何東西可以永遠保持相同的樣貌，在持續變化後，人一定會死去。

但是，我們卻完全沒有學會，小町現身想告訴我們的無常概念。如果人的智慧會隨著歲月的腳步而有所增長，我們應該就不會把頭髮染黑，或是以雷射去除斑點。和異性交往，也僅限於散發出自然之美、可以毫不勉強地進行繁殖活動的時期，一旦年華老去，再也沒有異性追求時，一定會很安靜地拋開「不受歡迎」這種心情。

時代越是進化，人們就越不願意面對「無常」二字。科學技術越來越發達，不管是皺紋和斑點都能去除，但人類心中那股想要維持「往常」的心情卻越來越強烈。

這裡所指的「往常」，就是年輕美麗的狀態。人都會自以為是地把外貌最燦爛耀眼的時代，當作是「原來的自己」。因為初期設定得太高了，我們才會對之後出現的每一個變化驚慌失措。

但是，人們那種想要維持「常態」的模樣，是很不祥的。雖然容貌和身材都維持得很完美，只有聲帶無論如何都無法一如往常，和帶著沙啞聲音的中年女性接觸，讓我有一種不祥的感覺，那種感受就和看到「已經衰老的前美女」差不多。

說到這裡，我的母親也在六十歲左右以雷射除斑，臉部和手部變得非常光潔美麗。因此，在母親病危時，我在她床邊想著：「皮膚明明還這麼漂亮，怎麼馬上就要死了。」事後回想，那種心情並非悲傷，而是覺得「即將死去之人的臉上完全沒有斑點，感覺非常不自然。」

不是自殺，也不是意外，因為年齡增長而自然死去的人，有著一張純白光滑的臉，這是任何人都可以輕鬆抵抗老化時代的特有現象。但是，因為人只能抵抗局部的老化，最後還是死了。極端老化造成的死亡和純白肌膚之間這種完全不相襯的印象，很意外地一直殘留在我的心中。

我想，步入中年卻沒有散發出不祥感的人，應該是「安心老去的人」。以男性來說，以不自然髮型遮掩禿頭，或偷偷使用假髮的人，周圍一定瀰漫著一股不穩定的氣息。相對地，大方露出禿頭的人，周圍一定飄盪著一股開朗的氣氛。

同樣地，一邊說著「我已經徹底中年發福，連斑點和皺紋都長出來了，實在太討厭了」，一邊大口吃著泡芙的女性，感覺就像能劇中的老翁一樣，可喜可賀。

我最近發現，越是覺得人生有所欠缺的人，越是會激烈抗拒老化。「想要讓更多人讚美」、「想要更受歡迎」這種心情，會讓人走上抗老之路。

現在，「安心老去」真的是幸福的人才能享有的特權。有人雖然中年發福，臉頰上也長出島嶼般清晰斑點，但還是享有丈夫的愛，孩子也乖巧長大，自己也努力工作……看到這些人，我真是打從心裡尊敬。她們沒有穿上讓自己顯得更年輕的衣服，也不追逐流行。「不管多老，我都可以很幸福」的這種自信，給她們如山一般的安定感，我心想，「莫非這就是所謂山神？」

我想我這一輩子永遠不可能達到那個境界。我雖然拚命想要抓住青春的尾巴，但還是不得不變老。將來離開人世的時候，我真想除去臉上所有的斑點。

夏威夷

相隔許久，我又去了一趟夏威夷。夏威夷恐怕是我人生中最常造訪的海外地區。大學時，我第一次到夏威夷，因為實在太開心、太舒暢了，二十多歲時，我每年都去。

「要不要去夏威夷？」

「走吧！」

造訪次數之所以逐漸減少，是因為這種結伴前往的朋友，開始各自忙於工作和家庭，再加上二十歲時雖然可以完全不在意紫外線，將肉體曝曬在陽光下，後來便漸漸無法這樣放肆。

因此，這次造訪夏威夷，大概隔了五年之久。夏威夷的風不管對誰來說都非常舒服，就算是中年女性，也會感受到一股頭上開花的快感，不過，沉浸在這種快感的同時，我腦海中想的是：「中年人在夏威夷應該做些什麼呢？」

大學時代的我是「金髮的一〇九辣妹」。當時，日本尚未興起金髮一〇九辣妹的風潮，我和朋友都是「一〇九辣妹前鋒部隊」。大家聚在一起時，生活過得多采多姿。

但是，去到夏威夷之後，我們卻顯得極為普通。顏色清一色都是黑的，就暴露程度來說，雖然穿得很短，也不到會讓人指指點點的程度。朋友開著敞篷跑車奔向歐胡島北岸（North Shore），因為實在太興奮、太幸福，我心想「這一輩子絕對不會忘記這一刻」。

在那之後，過了幾年，我的臉上長出許多斑點。年過二十五，我覺悟到「如果再這樣繼續曬下去，將來就慘了」，因此開始拒絕曬太陽。但在那之前的人生，已經接受了比別人多上好幾倍的紫外線，就算從那時開始不曬太陽，也為時已晚。年輕時盡情享受紫外線洗禮的紀念品，為我現在的臉龐增添了幾分色彩。

拒絕日曬後，就算去夏威夷，我也會塗上一層厚厚的防曬乳，像蟑螂一樣鬼鬼祟祟地在樹蔭下走動。恣意躺在沙灘上這種活動，我也避之惟恐不及，頂多只是太陽下山後，在海灘上散步一下。

這次到夏威夷，我一樣用帶有寬帽簷的帽子保護臉部，偷偷望向海灘。當然，海灘上躺著很多穿比基尼泳裝的人。看著那些人的身影，我心想「二十年前我也可以躺在那裡」。穿著比基尼躺在沙灘上的人，和眺望著她們的我之間，有一條看不見的線，不知何時，我竟然來到線的這一邊了。

那條線，就是畫分人生夏天與秋天的線。當大海、太陽、比基尼都是我的親密好友時，我正值人生的盛夏。當時，我真的相信「夏天不會結束」。

但是，夏天終究會結束。夏威夷雖然舒服，之所以無法打從心底覺得「這個地方屬於自己」，應該是因為自己已經邁入人生的秋天。

於是，在夏威夷時我真切感受到，步入中年之後，旅行的方式也會有所轉變。比方說，同樣是「兩個女子的旅行」，年輕女孩和中年女性營造出的氣氛就大不相同。如果是兩個年輕女孩，一定是燦爛健美且耀眼奪目。

如果是中年女性，首先，女性一起待在夏威夷，往往會讓人疑惑：「這到底是怎麼一回事？」在威基基海灘，偶爾可以看到中年日本女性一起漫步。但是，服裝樸素保守，不管手腳或臉部都帶點蒼白的中年女子X2這種畫面，感覺無奈而晦暗，和年輕比基尼女郎X2完全不同。

這次，我是為了工作而前往夏威夷，工作人員碰巧全是年齡相仿的妙齡女子。而且，因為是來工作的，所有人的打扮都是以方便工作為主，沒有什麼度假氣氛……於是，在色彩繽紛華麗的夏威夷，這群人顯得相當陰沉鬱悶。

在這裡，我深切感受到，「中年女性來夏威夷時，不管對方是什麼樣的人，都應該是情侶關係」。兩名中年女性的夏威夷旅行，總是瀰漫著一股悲慘的氣息。就算對方是同志，和男性在一起，那種格格不入的感覺還是會少一點。

結伴來到夏威夷的中年女子，肯定也是喜歡夏威夷。雖然不知道她們是沒有結婚，還是暫時脫離照顧小孩的生活，「偶爾和女性朋友一起到夏威夷」，但是我非常清楚，女性結伴同行的夏威夷之旅，和情侶的旅行有著不同樂趣。

但是夏威夷是美國領土，而且美國有著情侶文化。從美國本土來的人，不管是老人還是年輕人，幾乎都是情侶，或者攜家帶眷。日本雖然沒有情侶文化，但兩個不算年輕的女人到國外旅行，怎麼看都不覺得「幸福美滿」。

如果在其他地方，中年女性結伴旅行應該不會那麼引人側目。比方說，隔鄰的韓國和日本一樣是屬於儒教文化圈的國家，也和日本一樣，不是情侶文化，而是同性文化國。而且，韓國也和我們一樣面臨晚婚和少子化，所以，同性結伴行動的情形自然也比較多。日本的中年女性，就算兩人或兩人以上結伴去韓國旅行，一點也不奇怪。

相對，以歐美來說，在有情侶文化的國家，中年女性結伴旅行看起來就不是很舒服。因為日本的中年女性都很有錢，結伴同行的女性會投宿在高級飯店，前往高級的時尚餐廳，但是，出現在這類場所的女性雙人組看起來就是很古怪。

除了和誰同行的問題，這次的夏威夷之旅，我還遇上另一個問題：「中年女性在南島該穿什麼呢？」

先來說說泳裝。在我年輕時，連身式泳裝是主流，但最近的年輕人，會穿連身式泳裝的大概只剩游泳選手。

在游泳池或海邊看到穿著比基尼的年輕人，大家都有著苗條的好身材。

我問年輕人：「那胖的人怎麼辦？」

他們回答：「那些人不會去需要穿泳裝的地方。」

在比基尼成為泳裝主流的現在，對身材沒有自信的女孩，應該就和游泳池或大海無緣了。

再來，說說中年人。來到夏威夷，不管是中年還是老年，很多歐美人士都穿著極為性感的比基尼。那充滿自信的模樣，看起來非常酷。

不過，我們畢竟是來自主張要有「自知之明」儒教國家的中年女性。我們會覺得：「這個肚子、這個屁股、這一圈圈的肥肉，實在不應該讓別人看到。」

即使身材纖細，中年人還是很難把比基尼穿得很好看。纖瘦的中年人穿上泳裝後，只會顯得乾癟。雖然胸前平坦，但既然是胸部，就會受地心引力影響而下垂，結果，胸前只浮現出肋骨的起伏。肋骨和比基尼這種組合，比起一圈圈肥肉搭配比基尼更讓人無法接受。

看來，只要穿上可以掩蓋一切的連身式泳裝就好了，但在南島這樣穿也太遜了，感覺就像從深山裡來的人。

步入中年，不得不穿泳裝時，我都會採取苦肉計。那就是穿上「非連身的兩件式，但又不是比基尼，應該可以勉強遮住小腹」的泳裝。

我的缺點就是肥滋滋的腹部。世上有各種泳裝，我仔細尋找，終於找到可以蓋住小腹，但又不是連身式的設計。這真是中年人的理想泳裝，所以，最近這幾年我都一直穿著它。

我就穿著這種半吊子泳裝，試著在夏威夷躍入大海。但是，冷靜看了此刻的自己，不知為何，我發現自己一點都不美！

過去的自己，雖然談不上是夏威夷海灘上亮眼奪目的美女，但是，當時身為一〇九金髮辣妹的自己毫不猶豫露出胴體，至少在穿著上十分符合當下的氣氛。我可以帶著「自己有資格待在這裡」這種強烈自信，抬頭挺胸待在沙灘上。

然而，看著穿著半吊子泳裝的自己待在夏威夷海灘上的模樣，感覺就好像一片弄錯的拼圖勉強湊在一角。中年大概就是這麼回事吧，我覺得自己是藍天碧海中的一個灰點。

中年，也是最難出門旅行，並融入旅行目的地的年紀。若是過了中年，步入老年，旅行的模式又會再度確立。不管在什麼樣的地方，都可以看到許多老爺爺、老奶奶的身影，即使在夏威夷，說著阿囉哈的爺爺和穿著夏威夷長裙（muumuu）的奶奶這種老夫妻，也非常可愛。

但是中年，還不到「不管做什麼都很可愛」的成熟階段。穿上夏威夷長裙後，總讓人感覺像是穿了睡衣，但是，穿短褲感覺又有點太輕挑……步入中年之後，要融入旅遊目的地是很困難的。

喜歡鐵道的我，偶爾會在日本獨自來趟火車之旅，但是中年之後，旅行時我經常會想：「這樣好嗎？」三十歲之前，一個人旅行的模樣理所當然。在地方列車上，一個人坐在卡式座位望著窗外景色，總飄散著一股「獨自旅行，幻想著還看不見的未來」的浪漫氣氛。但是，中年女子在地方線列車的卡式座位上獨自眺望風景的模樣，怎麼看都不覺得浪漫。從外表來看明明就不是當地人，但又不是應該一個人獨自旅行的年齡。很容易讓周圍的人擔心：「該不會是因為當人家小三，結果被甩而想不開吧？」

到處投宿亞洲便宜旅店的背包客，似乎也有同樣煩惱。我認識的一位喜歡旅行的中年男子，從年輕時就是一名背包客，現在似乎也還在不斷旅行。

「我發現，投宿便宜旅店、做背包客打扮，似乎已經不再適合自己。便宜旅店似乎比較適合年輕人。」他說。

以前的中年人應該不會有這樣的煩惱吧，因為「中年人是不旅行的」。中年，是最需要堅強奮戰的時期。不管是公司或家庭都需要自己，生活非常忙碌。無論是養育子女，還是照顧父母，都需要花錢，若要旅行，也是出差或攜家帶眷，完全沒有餘力獨自旅行。

從以前開始，就只有年輕人和老年人會經常旅行。阮囊羞澀但時間很多的年輕人，會進行耗費體力的窮人旅行。金錢和時間都相當充裕的老年人，則會選擇比較不麻煩的套裝旅行。針對各種不同世代，有不同的旅行方式。

我認為，就因為過去有很長一段時間都處於這種狀態，所以，「中年旅行」的方式還沒有定型。在過去，中年是夢想著「不用再照顧家人，上班族生活也告一段落後，我要自由去旅行」的階段。

但是現在，照理說應該很忙碌的中年人，也開始旅行了。一直維持單身的人、得到另一半理解得以去旅行的人、因為沒有固定工作，所以時間很充裕的人……如果是活在過去便完全無法旅行的人，從年輕時開始，就一直不斷旅行。

現在的中年人屬於泡沫世代，年輕時便開始從事各種不同旅行。因為瞭解旅行的樂趣，即使已步入中年，還是無法停止旅行。

話說，皇太子妃雅子也是泡沫世代的中年女性。她在罹患憂鬱症前，曾表明「想要在海外從事公務」。不只是旅行，雅子妃還曾在各個不同國家生活。就因為她瞭解體驗異文化的樂趣，所以即使進了皇室，還是無法輕易放棄那種快樂。

我認為，「中年之旅」是一個很有潛力的市場。不但能掩飾體型，也很適合在南島穿著的中年人泳裝、造型時尚又可以完全阻隔紫外線的帽子、方便在旅地行走，穿到稍微正式的餐廳也不會太失禮的鞋子……這些商品的開發非常值得期待。此外，也有很多人希望可以開發出針對想獨自旅行的中年人的服務或相關系統。

在夏威夷，我確實感受到自己已來到人生之秋，當時，我不禁心想：「自己適合待在這裡嗎？」但事實上，我和學生時代曾多次和我一同造訪夏威夷的夥伴有個秘密約定。那就是——

「五十歲，大家再一起去夏威夷。」

育兒加上工作，三、四十歲時，我們各自有人生的重心，但是，到了五十歲之後，應該可以像當時一樣到夏威夷，開著敞篷車兜風到歐胡島北岸。

我想，到那個時候，清一色都是中年女性的旅行，應該會變得更舒適吧……不過，仔細想想，我不是再過幾年就要五十歲了嗎？

在旁人看來，五十歲女性的夏威夷感覺應該相當淒涼。但是，我們一定會無視那些眼神，盡情地痛快享受。能不在意別人的眼光時，肯定是已經完成中年旅行，並開始往「老年旅行」的階段邁進。

親子旅行

我的父母都已經過世。父親在我三十八歲時離開人世，母親則是在父親走後六年去世。

因此，我幾乎，不，應該說我完全沒有照護老人的經驗。父親生病時，是我母親在照顧。我大概只有在父親住院時去探病而已，從來沒有親自照顧過。

母親在某天病倒後，隔天便過世了，因為幾乎是猝死，連需要照護的時間都沒有。我沒有結婚，當然也不用照顧公婆。

「父母雙亡」這樣的狀況，一開始是會受到同情。

「真可憐……有什麼需要幫忙的隨時跟我說。」

「你母親走得太早了！」

但是，隨著時間流逝，大家說的話也漸漸有了改變。母親的朋友說：「你媽媽真的是『孝子』，一定是不想給你們添麻煩。」，或是「當時，我覺得實在太早了，不過，說不定那個時候走是最恰當的，因為這樣就不用經歷年老的痛苦。」

六十幾歲就去世的母親，的確就像這些話說的一樣。因為母親的朋友自己已經七十幾歲了，不管是身體還是家人，需要擔心的事不斷增加。

而我的朋友則是逐漸開始羨慕我。

「你竟然完全沒有照護經驗，太可惡了，應該要繳『零照護稅』。」，或是「父母都不在，雖然很孤單……但老實說，我覺得這樣真是不錯。」

朋友之所以會羨慕我，就是因為他們覺得：「已經不用再為父母的問題擔心，實在太輕鬆了！」沒錯，所謂中年，就是父母的問題會接踵而來的年齡。在這個時期，之前還想著要「讓父母照顧」的人，在心態上也完全切換成「照顧父母」。

最能夠直接反映這件事的就是旅行。假設，二十多歲的女性和四十多歲的女性一起聊天，話題是「和父母一起去旅行」。四十多歲女性的父母都還健在，如果她說：

「雖然只是偶爾帶他們去旅行，但也真是把我累壞了……討論要吃什麼東西時，他們說『什麼都好，你決定就可以了』，可是，當我點的東西上菜後，卻又說『我不想吃這個』，總之就是讓人火大，我都把這件事當作修行。因為他們還有體力，如果想去國外旅行，就麻煩了。希望兩天一夜的溫泉之旅就可以滿足他們。」

二十多歲的女性聽得目瞪口呆。她們應該會說：

「現在還是父母帶我去旅行。費用當然是爸媽出，目的地和行程也是爸媽安排。」

父母雙亡的我，雖然是帶著評理的心情聽雙方說話，不過，我完全可以理解四十多歲友人的心情。以前，和母親一起出國時，我也是厭煩得快要窒息。

另一方面，聽二十多歲友人說話時，我突然想起，自己也曾經歷過那個階段。我也曾在二十多歲時和父母一起出國，但當時我是「被帶領的」那一方。因為去的是父母很熟悉的地方，加上當時他們都還年輕，所以可以自在行動。

何時會發生「被帶領」和「帶領」的逆轉現象，每個家庭各不相同。但是，從子女開始「帶領」父母的那一刻，子女似乎就開始變得極為焦慮不安。

當我仔細回想這件事發生的時間點時，我想起了母親的背。母親走路的速度相當快，孩提時代和母親並行時，我都得小跑步才能跟上。因此我走路時總是一直看著母親的背。

但是，長大成人、開始獨居後，某天我回爸媽家，和媽媽一起走到離家最近的車站。那時我突然發現「我看不到媽媽的背」，也就是說，媽媽走得比我還慢。

事實上，應該不是走路的速度變慢，而是和已經獨立生活的女兒一起走路時，母親認為「應該將走路時的主導權交給女兒」。也就是說，「是否要追過眼前這個老婆婆」或者「要在哪個街角轉彎」這種步行時的決定權，不知不覺已經轉移到我的手上。

那個時候，我應該是三十出頭。那可能是我第一次意識到「父母已經老了」的瞬間。

就在這樣的狀況下，不管是旅行還是用餐，我徹底變成「帶領」者，但為什麼人對「帶領」父母會感到這麼不耐煩呢？

現在回想起來，我發現那種焦慮是因為「不習慣這個新角色」。在那之前，長達三十多年的時間，大家都習慣於「父母＝主，子女＝從」這種關係，一旦轉變成「父母＝從、子女＝主」這種完全相反的關係後，一開始當然會不知所措。因為子女的立場已經轉變為自己尚未習慣的「主」，才會意氣用事地揮使強權，或者，突然看到年邁的雙親會覺得很丟臉。

父母應該也會感到困惑，他們肯定會因為被子女指責而生氣，或者經常覺得子女的安排不夠細心。

就我而言，因為自己還沒有徹底變成大人，心想「可能的話，就盡量扮演『被帶領』的角色……」，然而，儘管百般不願，還是必須扮演「帶領」者的角色。再加上，因為父母還十分健康，雙方意見也經常出現衝突，才會焦慮不安。

就像這樣，中年初期，不管是子女還是父母，都必須扮演自己不熟悉的角色，所以關係會變得很緊張。以我來說，雖然父母在我熟悉自己的角色之前就相繼去世，但一般而言，隨著歲月流逝，我們各自都會背負不同的責任。

比方說，在國內的溫泉景點，看到帶領著八十歲老奶奶的初老女兒，老奶奶已經完全習慣「被帶領」的角色，很自然聽從女兒說的話。而女兒也對「帶領母親」有相當自信，雖然看似辛苦，但完全不見焦躁。

我想，「對父母不耐煩」應該是一種世代特徵。現在的年輕人，有很多一直到長大後，和父親之間都還是維持很好關係，宛如朋友，母親的話當然就更不用說。現在，包括戀愛，不管什麼事都會跟父母說，因為父親從一開始就參與照顧子女的工作，就算讓父親幫忙洗內衣褲，女兒也覺得無所謂。

當這個世代的人步入中年後，會感受到「任務交接的焦慮」嗎？如果，親子關係從一開始就平等，沒有主從之分，之後應該會繼續維持一樣的關係吧！

相對於此，我們這個世代還是父母作主，子女聽從。因為是在「世上一切都逐漸變好」的時代長大，子女的學歷會比父母來得高，也有選擇職業的自由，經驗也更為豐富。

雖然表面上說是由父母作主，但是孩子的各種經驗都比父母來得多……就是存在著這種矛盾，我們這個世代的親子關係才會這麼複雜。特別是當孩子是女兒時，母親會把自己無法實現的夢想，都託付在女兒身上，但是當女兒比自己成功時，卻又經常會感到忌妒。應該是我這個世代長大之後，「母親和女兒」之間剪不斷理還亂的複雜關係，才廣泛地被討論。

所謂中年初期的親子旅行，就是將這種複雜親子關係加以濃縮的幾天。我這個世代的旅行經驗非常豐富，所以抱著贖罪的心情，想帶他們去洞爺湖的溫莎酒店（ザ・ウィンザーホテル洞爺），或志摩觀光酒店（志摩観光ホテル）奢侈一下。但是，這些好意卻適得其反。「你一直都這麼奢侈嗎，我……」父母忌妒地說。難得可以好好享受的旅行，完全無功而返。但是，如果帶著父母去便宜的溫泉旅店，他們又會抱怨料理難吃，或是廁所很髒。

就父母而言，如果旅行時子女擺出「是我好心才帶你們來」的臉色，應該也開心不起來。

而且「被帶著走的旅行」就像公司發的制服一樣，不見得完全適合自己。

如果因為怕麻煩而不帶父母去旅行，他們又會抱怨。

「〇〇先生說，小X帶他們去沖繩玩，好好喔！」

「聽說〇〇先生他們家祖孫三代一起去滑雪。」

顯然就是在說：「你也帶我去吧！」

相較於旅行的內容，父母可能更重視「孩子帶我們去旅行」這件事。他們會跟身邊的人說：

「之後，女兒（或兒子）要帶我們去〇〇呢！」

或是「之前，女兒（或兒子）帶我們去〇〇喔！」

如果對方說：「好好喔！」

父母就會更加長壽。

我的朋友當中，竟然有和婆婆兩人一起去歐洲旅行的偉人。

「因為她說都沒有人要帶她去，太可憐了……」朋友說。

她的境界已經超過偉人，簡直堪稱聖人。當然這位聖人偶爾也會帶自己的父母去旅行，是親子旅行的專家。我問她和父母一起去旅行時有什麼訣竅，她說：「總之，就是不要把它當作旅行。」

如果當作旅行，就會不斷浮現自己的欲望，「想吃那個」或「想逛這家店」。但是，如果不把它當成旅行，而是出差或工作，自己也想玩樂一番的心情很自然地就會消失，可以專心扮演陪伴的角色。

因此，「不可以選自己沒去過的地方」，不只是因為自己去過的地方帶路比較方便。「如果是自己熟悉的地方，就可以抑制自己『想吃那個』、『想買這個』的欲望。如果是第一次前往的地方，一定會有一些自己想做的事，若因為父母的關係而無法滿足時，就會開始焦躁。為了預防這一點，很重要的是要盡量選擇自己熟悉的目的地。」

原來如此，我終於瞭解了。如果我爸媽還活著，我真想實行看看。

那種感覺有點像有年幼孩子的父母。還在養育孩子的父母在旅行時也會優先「讓孩子做他想做的事」，家族旅行不就是為了滿足孩子、提升孩子的經驗而安排的嗎。年邁雙親和中年子女的親子旅行，只要翻轉這種感覺，就可以順利進行。

不過，我那位身為親子旅行專家，同時也是位聖人的女性朋友，和婆婆兩人去旅行時，似乎也非常疲憊。

「兩個人在一起的時間，比過去和婆婆相處的所有時間還要長……仔細一想，突然兩人結伴旅行，可能太衝動了。不過，婆婆想做的事，我幾乎都滿足她了……」她說。

回國之後，友人果然馬上發高燒，陷入昏睡。

但是，她累積了天大的寶藏。她婆婆回國後不斷跟別人說：「我媳婦帶我去歐洲玩呢！」讓大家好生羨慕：「怎麼有這麼好的媳婦。」「好好喔~」

這種被人家羨慕的好心情，肯定可以讓婆婆的細胞重返年輕。

我以後再也沒有機會「帶父母去旅行」。朋友每次和父母去旅行時，總是一臉慷慨赴義的模樣，同時嘟囔著：「酒井小姐真好……」

我非常瞭解那種心情，只能告訴他們：「回來之後再好好慰勞你，總之，你要加油！要活著回來！」

父母過世後，我冷靜看著朋友的親子關係，試著累積各種不同技巧，我甚至覺得「如果是現在，應該可以帶著爸媽享受開心的旅行吧」。當自己享受到旅行的快樂時，心中也會有些許感傷：「真想帶爸媽來。」

不過，在下一個瞬間，我腦海中便會浮現出「不」這個字。就因為父母已經過世，我才會陷入那種情緒，我冷靜想了一下爸媽和我的真實性格，一旦去親子旅行，我們一定會讓對方精神衰弱。

因此，每次我自己去旅行時，就會對著祖先牌位喃喃念著：

「今天要去夏威夷喔（也可能是京都或任何地方），我們一起去吧～」自以為是個孝順的孩子。那個時候，我彷彿可以聽到墳墓中傳來爸媽的聲音：「可不能光是雙手合十，就以為自己已經盡了孝道。」

讚美

我的朋友A子經常臭著一張臉。她不管工作、婚姻，還是小孩，事事順心，可說是「什麼都有了」。在旁人看來，在生活上應該是十全十美，但她卻總是不滿。

問過她後，我終於知道她不滿的理由。她二十幾歲時和丈夫結婚，生下第二個孩子後，就再也沒有性生活。因為怕麻煩而沒有離婚，但幾乎感受不到愛情。孩子已經上了國中和高中，開始不把父母擺在眼裡，以前總愛黏著媽媽的兒子，已經會說：

「吵死了，臭老太婆！」

在公司，因為不喜歡上司而備感壓力。雖然自己覺得「以我這個年紀來說，應該還算能幹吧！」但在公司的立場已經變成歐巴桑，感覺似乎扮演著多餘膿包般的角色。她的確什麼都有了，但是，不管是以妻子、母親，或上班族的角色來說，都不算幸福。

有一次，我們一起參加昔日好友的聚會。步入中年，最流行的活動就是舉辦同學會，我們也不例外。我們邀集在最青春活潑的學生時代一起玩的男女同學，開了一場小型同學會。

在同學會上，A子的表情和平常截然不同，閃閃發亮的眼神和紅潤的雙頰，都是這幾年不曾見過的。

讓她的表情發生劇烈變化的原因，無非就是「讚美」。她原本就是個美女，在學生時代非常受歡迎。因為當時的夥伴都來了，頭髮開始稀疏、也略顯發福的前男孩都紛紛發出讚美：

「A子一點兒都沒變呢！」

「還是和以前一樣漂亮。」

A子的表情明顯因為這些話而有了改變，說話的音調似乎也高了八度。這些劇烈變化幾乎都和性有關，肯定是女性荷爾蒙開始分泌。

看到A子的模樣，我確實感受到讚美的力量對女性來說，比任何藥物都有效。讚美對肉體的效用似乎是：就算有點病痛，只要男性稍加讚美，馬上就可以痊癒。

此外，我也想到了「中年時期的讚美不足」這個問題。中年階段會碰到的「讚美銳減」這個現實，對年輕時已經習慣受到讚美的女性同胞身心，應該是一個嚴重的打擊。

以A子為例，她年輕時廣受眾人讚美，任誰都會羨慕。男生會說她「漂亮」、「好可愛」，這些話甚至還傳到其他學校。女生也會稱讚她的美麗。她總是受到氣派朋友的包圍，也從來不缺體面的男友。

即使大學畢業後開始工作，她還是一樣備受讚美。受到同事和上司的寵愛，很輕鬆就結了婚。孩子出生後，也一心一意地深愛著媽媽。

但是，從孩提時代就不曾下降的「讚美曲線」，從三十五歲開始急遽下滑。

雖然是個美女，但就在一邊照顧孩子，一邊工作的辛苦生活中，容貌跟著失色，也稍微胖了一些，出現歐巴桑的體態。職場上年輕女性不斷增加，男性讚美行動的目標轉而朝向那些年輕女子。

在家庭中，也不再受到稱讚。她和剛結婚時如膠似漆的丈夫之間，既沒有性生活，也不交談（雖然這種現象也經常出現在從年輕時就開始交往的情侶之間）。丈夫曾經鬧過外遇，為了出一口氣，她好幾次都想要交個男朋友，卻發現「人到中年並不受歡迎」這個事實。話雖如此，如果就這麼迷上韓劇卻又太沒面子……

要讓年輕時比別人受到更多讚美的Ａ子，習慣不再受到讚美這個現實，應該不是件容易的事。而她也就是從這個時候開始，總是繃著一張臉。

像我這樣的人，亦即從年輕時就不是那麼受歡迎的人，並不會有她那樣的失落感。雖然年輕時多少也有被捧在手掌心的經驗，但有自知之明的我並不覺得自己會永遠受到疼愛。我宛如咀嚼乾魷魚一般，帶著感恩的心情，一點一滴品味著珍貴的受寵經驗。

步入中年之後，受到寵愛的經驗雖然變少了，但相較於A子這樣的人，減少的幅度小了許多，也因此，受到的打擊也比較少。

相對地，像A子這樣的人，似乎會因為步入中年、不再受到讚美，而感受到寵愛的幻肢痛（phantom limb pain）。如果是以前，所有邂逅的異性都會讚美自己，就好像例行的問候一般，但現在卻再也無法聽到稱讚的話語。

「自己應該更受歡迎的，為什麼……」她帶著失望的表情說。

因此，在同學會上，當昔日男同學說：

「一點兒都沒變呢！」

「還是和以前一樣漂亮！」

她宛如沙漠般的心靈，瞬間降下一場甘霖。我發現臉上浮現出這幾年難得一見的笑容，聲音也變得嬌嗲的她，真的「還活著」。「沒錯，A子本來就是這樣的人！」我感到非常興奮。

然而，這個喧鬧到深夜的小型同學會結束後一個月，我碰到A子，她又回到以前的表情。「前幾天，很久沒那麼開心了……」她說，但眼中卻不見當時的光彩。單單只是一晚沉浸在讚美聲中，便讓她回復了元氣，但是，從隔天開始，便又再度回到沙漠般的生活，一個月後，則完全恢復原狀。

如果是我，就算只有一晚受到那樣的寵愛，下半輩子應該都可以靠著那段回憶過活……不過，這是不習慣受到讚美者的心理。像A子這樣的人，光是靠著「被寵愛的回憶」是無法過活的，她需要經常被讚美。

受到讚美的確是一件非常開心的事。不管是一對一的讚美，還是被很多人捧在手心，都很讓人高興。如果在眾人面前受到讚美，會變得很得意，說得誇張一點，讚美可以讓人產生「我這樣很好」的自信。

對女性而言，讚美是一種帶有戲劇性效果的蜜糖，只要加上一匙，不管有多少不開心的事，都可以忘得一乾二淨。

年輕時受到眾人寵愛，一旦結婚生子，便不會再受到讚美，這樣的現實在過去是一種常識。過去自己相當受到眾人疼愛，就因為如此，以後我也要好好疼愛孩子或年輕人，昔日的日本女性都是這樣徹底從這個世界退休。

但是，最近的日本女性，即使結婚生子，還是希望自己可以持續「受到寵愛」，想繼續吃著「寵愛」這顆甜蜜的糖果。

懷抱欲望是個人的自由，但是身邊的人卻漸漸不再滿足自己的欲望。或者可以說，身邊的人並沒有發現「中年女性和年輕時一樣，想要不斷受到讚美」。面對受到寵愛的二十多歲女子，中年女性可能做夢也沒想到，自己會滿腔怒火地認為「為什麼這種小女生會備受寵愛，我卻被棄之不顧？」

為什麼我們會希望自己可以永遠受到寵愛？

箇中理由有千百種。「女人就應該如此」這種宛如女性規範的條文不斷消失，每個人都可以自由展現自己。再加上，因為科學和醫療技術的發展，女性容貌不易因歲月而衰老，也是其中一個理由。

不知該說是時代使然，還是世代特質，我認為最主要的理由是，我們這些中年人在年輕時就認為「自己可以永遠受到寵愛」。

在我們年輕時，景氣非常好，大家都認為「日本會繼續不斷成長」。「衰退」這個字眼和當時的日本與年輕人完全無關。

相異於不景氣時的受寵，景氣好時受到的寵愛，伴隨著物質性的實際利益。女性可能被招待享用高級壽司和河豚，或者是收到禮物，寵愛的方法非常奢華。

習慣這種寵愛方式的人，應該是相信「不管日本或自己，都不可能會『衰退』」。迷上寵愛的甜美，想持續受到寵愛的人，無法選定一個人作為對象，於是被年輕一輩稱為「敗犬」。因為認為「可以一輩子受到某人的寵愛」，或是「不可能結了婚就不再受寵愛」而建立家庭的人，則在某一天突然發現「自己一點都不受寵」。

最近，美魔女這個字眼掀起風潮，被人稱讚「都這個歲數了竟然這麼漂亮！」的中年女性開始受到注目。她們之所以會以美魔女為目標，應該是因為「想受到讚美」。

「想受到讚美」和「想受人歡迎」這兩種情感有著微妙差異。「想受人歡迎」和性愛有關，但讚美自己的人，不管是男是女都非常值得感謝，堪稱是去除了性愛意識的稱讚。

想成為美魔女的人，想受到不特定多數人的讚美：

「好漂亮！」

「完全看不出已經那個年紀了！」

「竟然有那麼大的孩子了！」

甚至希望「一輩子都受到寵愛」。

在美魔女競賽中看到穿著泳裝或禮服的中年女性時，我心想，想要受到寵愛的欲望根源，應該是「想永遠當公主」這種孩提時代的心情。所謂的公主就是穿著漂亮的禮服，被眾人侍候、讚美，最後，接受王子的求婚。

最重要的一點是，「公主不用擔負任何責任」。公主不用做任何事，只要保持美麗，就可以受到眾人稱讚。而且，不是拚命努力換取美麗，而是「無意中發現，還真是漂亮」，這樣才是公主。

現在的中年人都是被細心呵護長大，兄弟姊妹大概都是兩個，頂多三個，所以，並不會像戰爭期間，或戰後嬰兒潮世代的人那樣，被父母丟著不管，而是被細心養育。

而且，雖說是女人，在教育上並無區別，父母會希望她們盡可能拿到高一點的學歷，也會讓她們接受鋼琴或芭蕾舞等藝術薰陶（或者說是學習才藝）。和過去相比，可說是像公主一樣被養大。

於是，便出現許多自以為是公主的女性。她們雖然已經步入中年，卻還是想「永遠當一個公主」。

真正的公主和其他國家的王子結婚後，就會變成王妃、皇太后。但是，「公主」只想永遠當公主，並不想成為王妃或皇太后。

在這世上，有些母親會忌妒自己的女兒。長大成人的女兒展現青春活力，受到眾人歡迎，就連自己的丈夫也完全不看自己一眼，只是一味寵愛自己的女兒。遭逢這些變化的人，有時會瞬間流露魔鬼般的模樣。

那模樣便是希望「自己永遠都是公主」的中年女性，看到公主的寶座被女兒奪走時所產生的忌妒。

女兒小時候就像是「讓身為公主的自己更添光彩」的裝飾品，然而，在不知不覺間，卻成了對自己的公主寶座形成威脅的人。但是，對方是自己無邪的女兒，沒有忌妒的理由，母親「想要受到寵愛」的欲望越來越強烈。

這麼說來，A子應該也是公主。人長得美又不食人間煙火，稍微帶點氣勢凌人的味道，非常有魅力，過去，男孩們似乎也喊她「公主」。

但是，公主在脫離公主的身分後，很難找到立足之地。不管是灰姑娘或白雪公主，都和英俊的王子結婚，過著幸福快樂的生活，但之後的生活，書中就沒有寫了。灰姑娘和白雪公主，在不再受寵的人生中，應該是一臉哀戚悲傷度日吧……

男性很自然就會讚美年輕女孩。他們可能會想，讚美可愛、漂亮的女孩，何錯之有？

但是，對女性而言，這些讚美卻會影響往後的人生。年輕時明明不斷受到眾人讚美，當這些讚美突然消失時，前公主一定會感到失落。

因此，我希望各位男性，若要讚美，請下定決心一輩子持續讚美。當然，這是不可能的，所以，如果碰到自己曾經捧在手掌心的女性，就算是說謊也好，最好也要加以讚美。即便只是一晚的寵愛，對中年女性來說，也是活力的來源。

而女性多少也要瞭解「自己已經不再是公主」。或許偶爾會有人讚美自己，但那只是他們的日行一善，或者身為大人的一種禮貌。

現在，我們已經到了一旦受到稱讚，就必須把那份讚美還給對方的年紀。當自己讚美別人時，那份讚美可能也會回到自己身上，請大家將「讚美可不是為了別人」這句話銘記在心。

情欲

夏天時，我去某個東北小鎮看了阿波舞。阿波舞的特徵是，用編織的斗笠和布遮住臉龐跳舞。據說阿波舞原本是回到人世間的死者，為了可以突然進入圓型舞蹈隊伍中，才把臉遮起來跳舞。現在的阿波舞，則是延續了這個傳說。

不管是誰，掩面跳舞的姿態都相當撩人。像美醜或老幼這種一般來說瞬間就能分辨的容貌差異，在跳舞時並不會構成問題。暴露在外的肌膚就只有手和脖子而已，只靠手的動作和脖子的白皙程度，來決定是否能吸引眾人目光。想像，就從隱約可見的肌膚開始不斷延伸……

雖然會因為氣氛而讓人發現「啊，那個人有點年紀了」，但遮住臉部所產生的隱蔽性，絕對可以讓舞者散發一股誘人的性感。阿波舞本來就是男女邂逅的場合，不論古今，應該都可以看到突然從圓型舞蹈行列中離去的男女身影。

營造出情欲氣氛的不只是舞者。我坐在觀眾席上，對面那群中高年歐巴桑的情緒看似非常激動。彷彿是因為有些年輕男子在跳舞時稍稍露出了臉龐，她們對著男子「瞬間嶄露的容貌」不斷發出尖叫。

舞者雖然年輕，但並不是什麼藝人，只是一般的當地青年。歐巴桑因為看到了「被遮住的臉龐」而異常興奮。她們不只是「喔！」的輕聲尖叫，而是「哇！」的大聲吶喊。

當那位年輕男子越跳越接近時，看到狂熱歐巴桑團的激動模樣，甚至有其他歐巴桑團直接提出要求：「哇，把臉露出來！」

雖然沒有徹底露出臉部，但青年還是在瞬間露出臉龐。結果，歐巴桑們大叫：「哇！帥哥!!」她們展現出宛如披頭四訪日時的狂熱，感覺幾乎要暈了過去。

看到歐巴桑的模樣，我心中浮現幾個念頭：「比起一開始就很乾脆全部露出來，一點一點地讓對方看，更能勾起她們的興趣」，而且，「我得小心，別讓自己也跟著失聲尖叫」。

另外，我還有一個想法，那就是「人不管活到幾歲，對情欲的追求永遠不會停止」。對著年輕男子尖叫的歐巴桑集團，都已經六十好幾，但是，看到帥哥的她們還是會臉頰泛紅，眼眶含淚，這模樣完全就是「回春」。

我認為，不管活到幾歲都還懷有情欲是件好事，但是最近我也深深感受到，表現情欲的方式實在很困難。步入中年之後，性感的部分會逐漸乾涸，所以，對於是否要做出這種行為，每個人的想法完全不同；不過，就算要展現這樣的行為，因為已步入中年，如果那種理所當然的意識太過強烈，表現得太過露骨，還是會讓人不忍卒睹。

同樣地，「我很受歡迎喔」這種說法，也會惹人生厭。我認識的B子就自認為很受比自己年輕的男性歡迎。她總是說：

「之前，小○好像對我有意思……」

「真了不起。」我深感佩服。但是，當我和小○本人聊起這件事，他說：

「之前，碰到B子時，真是糟糕透了。她對著我彎下身，眼神往上飄，瞅了我一眼，甚至還嘟起嘴巴。那股賣弄風騷的模樣，噁心極了……我覺得自己很明顯『被視為獵物』，早早就回家了。」

聽了他這番話，我深以為戒。B子從年輕時開始，只要有喜歡的異性，她就會彎下自己的身子湊上去，眼神往上飄，同時用撒嬌的語氣說話，想虜獲那名男性。但是，她怎麼會覺得現在拿同樣的招式對付年輕男性還有效呢？

我想，嘟嘴應該是她最近這幾年學會的。但是，對年輕男性來說，中年人的嘟嘴似乎有點噁心。

回家後，我試著在鏡子前噘起鴨子嘴，卻只看到清楚的法令紋。我心想，「這確實是中年人的禁忌……」我也試著讓眼睛往上看，但是瞬間就出現許多抬頭紋。「天啊，絕對不能露出這個表情！」這一招也被我封殺了。

再說到大胸部的C子。C子從年輕時就因為胸部大而受歡迎，她總是藉著深V字領露出乳溝，讓男人心跳加速。

即使在步入中年的現在，她還是會「展現乳溝」。但是，當她穿著可以看見乳溝的衣服時，身邊的人表情明顯變得有些尷尬。後來有男性竊竊私語說道：

「中年人實在不適合露出乳溝……」

的確，中年人的乳溝只會讓人感受到母性，而非性感。沒有人想看到母親的乳溝，如果在聚餐時，不時隱隱約約地看到旁人的乳溝，臉上應該會出現「看到不該看的東西」的尷尬表情。

因此，展現中年人的性感時，如不稍加注意，就會讓人覺得「很噁心」。以前，有位中年女性將自己去夏威夷時拍的比基尼泳裝照（而且還是白色的）上傳到臉書，結果，那張照片在臉書以外的地方引發廣泛討論。

「身材確實很好，也可以理解她為什麼想要秀一下，不過感覺還是有點尷尬……」

「個性好的人寫下了『現在的身材果然還是維持得跟以前一樣！』這樣的評論，或是按了讚，但那個『讚』我絕對說不出口……」

眾人聽了都默默無語。

雖然稱之為美魔女，但是，對於中年人展現自己的肉體或性感這件事，社會大眾還是會帶著嚴格眼光檢視。如果是法國人，一定會說：「步入中年，是女人最美的時期，不懂得欣賞成熟女性的日本人實在很幼稚。」

但是，會對中年人的性感感到噁心的，也不全是男性。事實上，應該抗議「中年人穿比基尼有什麼不對」的中年女性，也同樣會不舒服。我想，日本人看到中年人的乳溝或穿比基尼的模樣時，之所以會感到噁心，與其說是不成熟，倒不如說是和自古相傳的文化背景有關。

我們日本人只能接受新的或年輕的東西。成熟男人會迷戀上十幾歲的偶像，就是因為他們是日本人，即使很生氣地說：「為什麼不瞭解我們中年人的成熟魅力，你們的程度太差了。」也無濟於事。因為即便是中年女性自己，也會認為年輕小妞比中年大嬸更迷人，只好摸摸鼻子，知難而退。

就算是伊勢神宮，在經歷一定的歲月後，也要搬到新的場所、新的建築中。喜歡全新、乾淨東西的我們，對中年人的乳溝或穿著比基尼的身影，總會有一種不潔的感覺。

日本人也是喜歡以純潔之身退場的民族。大相撲的橫綱只要實力稍微衰退，就會退休。正因如此，才會有人對身材明明已經走樣，卻不願離開性感戰場的中年女性皺起眉頭。這時瀰漫的不潔感，並不是「不潔淨」，而是「不純潔」。

不過，可能有很多人會說，最近不是流行熟女嗎？的確，不僅週刊會刊載熟女的裸體照，也出現了許多熟女的成人影片。

但是我認為，日本的熟女熱潮並非像法國人一樣是因為「喜歡成熟女性」的男性增加，才出現的熱潮。日本男性應該是因為「想要媽媽照顧」，才喜歡熟女。

事實上，熟女演出的ＡＶ大部分都是與「母親」有關的題材。其中，很多都是岳母和女婿這種無法被接受的關係，也有親生母子這種近親相姦的內容。不管如何，經驗豐富的媽媽帶領兒子，給予全面性照顧，是以「母親」為題材的ＡＶ經常出現的內容。

「和真正的女人做愛，不僅麻煩，也可能受傷。如果是二次元的女人，應該就不會被拒絕了。」最近，很多男性都靠著視覺解決性欲。追求熟女的男性之所以增加，應該也是基於相同理由。身為母親的熟女，不會像年輕的真人女性那樣傷害男性或讓他們丟臉。不管怎麼說，因為對方是兒子，會無條件地全盤接受自己，和二次元的女人一樣可以讓人放心的對象，不就是熟女嗎？

偶爾也有和年輕男性交往或結婚的中年女性，但是，看了她們的性格，幾乎百分之百都瀰漫一股超越大姊的媽媽味。她們會細心照顧別人，取得主導地位，讓別人跟著她們。雖然不會依賴異性，卻會給異性做足面子，讓比自己年輕的男性覺得臉上有光。

相對地，步入中年後依然喜歡撒嬌的女性，並不受年輕男子歡迎。就像先前提到的Ｂ子，以和年輕時一樣的嬌嬌女角色來接近男性，只會讓人覺得「噁心」。

話雖如此，完全忽略性感地過生活，也會招致惡評。抱著「性不性感都無所謂了」的想法，頂著一頭參雜著些許白髮的亂髮，只會給人一種「很髒」的感覺，這樣的狀況已經是「不潔淨」，而非「不純潔」。

中年人的性感該如何表現呢？我看了身邊的中年女性，她們在生活中展現出的性感似乎呈現兩極化，不是過多，就是過少。

「那件事，已經有一陣子沒做了」這種無性派的數量壓倒性的多。已婚的人因為已經過了很長的婚姻生活，會覺得「都老夫老妻了……」，也有很多夫妻已經分房睡。

若找來幾名中年女性，甚至可能所有人都過著無性生活，不過，這些人當中，還是有許多人會覺得：

「並不是那麼想做……但是，若想到這一輩子都不做了，還是會覺得有點寂寞。」

「都已經忘記上一次做是什麼時候了。如果下次還要做，可能會把它當作最後一次，好好享受～」

我想到三十多歲時，曾經和黃友（黃色笑話之友）聊過這件事：

「到目前為止，我們做愛的次數已經超過人生所有次數的一半以上了吧？」

「當然啊，無法想像到了四十歲還會做得比二十歲時多……」

這個預測相當準確。現在，碰到那些黃友時，我們還會不斷討論：「與其說是所有做愛次數的一半以上，倒不如說已經接近尾聲了？」

「說到這個，最近，我們這些黃色笑話之友的新鮮話題越來越少了。」

「沒錯，三十多歲時，每次碰面都會有人聊起自己的最新經驗。」

「年底時，我們好像還為了替黃色笑話做個總結，在溫泉旅館集訓……」

我們回想起遙遠的過去。

另一方面，也有些女人雖然做愛的次數很少，但還是做得很激烈。

「女人在停經之前，性欲似乎會變得很旺盛。就像蠟燭的火焰在熄滅前，會突然熊熊燃起一樣……」

說出這話的中年女性肌膚，散發一股誘人的光澤。

可以肯定的是，不管是無性派或美滿派，最好都不要向別人炫耀無性生活的模樣或性愛美滿的狀態。

「我都已經超過十年沒做了，就好像第二處女，哈哈！」

即使自己可以這麼豁達地說出口，和自己不同類型的人，還是會不知該如何反應。

或者，「沒有性生活的人實在是太可憐了，我在那件事上完全沒有節制，成熟之後才曉得做愛的快樂。」

如此賣弄蠟燭最後的光輝，也會讓人不知該如何讚美，到底要說「真是有活力啊」，還是「好厲害啊」？

「日本是最不常做愛的民族！外國人做愛次數這麼頻繁！」

「做愛做到死！」

「做愛會讓人美麗又健康！」

在這世上，主張「沒有性生活的人非常不幸」的活動非常盛行。但是，從以前開始，日本人一旦步入中年就很少做愛。相較於各國，感覺是比較缺乏精力的一方，不管怎麼說，因為有著「喜歡新鮮事物」的民族性，一直和同樣的對象在一起，很快就會覺得膩了。只是，話雖如此，具備可以不斷更換對象的魅力、財力和技巧的人，其實相當有限。這麼一來，做愛頻率很自然就會降低……

但我想，會出現「明明就還是中年卻沒有性生活，實在很可憐」這樣的氣氛，應該是因為女人的壽命太長了。如果是一千年前，四十多歲就已經算是老人，但是現在，以女性來說，這個年紀很可能還算是人生的上半場。結果就變成「在人生的前半段就已經沒有性生活，該如何是好？」

雖說平均壽命延長，但並不表示可以生育的年齡也會跟著往後延。如果生育的可能性變低，性欲當然也會跟著降低。不過，在現今的世代，即使是以年齡來說已經無法生育的女性，也會繼續說著「來做愛吧」。發現這個矛盾的人，應該會開始主張「無性健康法」或者「無性美人」。

在這個無奇不有的世界，中年女性要如何安排自己的性生活純屬個人自由，但我認為「不管做或不做，都請閉上嘴巴」。

最近，和已經很少出現熱門話題的黃友碰面時，我們會不斷幻想：

「好意外喔，那些打扮保守，看起來很成熟的主婦，竟然還有性生活。」

「哇，比起『有在做』的人，沒有性生活的人還比較討厭！」

在聊這類談話時，我們一定會在餐廳訂個包廂，至少不要讓別人聽到。

更年期

某天，同學寄來一封電子郵件。看了之後我心想：

「終於來了……」我彷彿全身緊繃，又像是精神抖擻。

同學的電子郵件中寫著：

「最近，我好像有了熱潮紅的狀況。」

我想，正在看這篇文章的讀者一定知道，所謂熱潮紅，是汗水突然如瀑布般冒出的更年期症狀之一。現在，稍微比我年長的朋友只要看到明明不是夏天，卻大汗淋漓的人，都會想「這應該是……」，而相同症狀終於出現在我同學身上。

似乎在很久以前，我也曾經有過這種「終於來了」的心情，仔細一想，那是小學時聽到好朋友竊竊私語時。

「小O的那個好像來了喔。」

因為我自己是一個晚熟的孩子，那個時候完全不覺得自己「很快就會變成大人」。但是，看著同學中第一個有生理期的小O，我發現那是個胸前已經隆起的女性軀體，和胸前扁平的自己完全不同。「我也會變成那樣嗎？」我覺得自己往後似乎必須渡過完全未知的黑暗海洋。

在那之後，過了很長一段時間。我終於告別胸部扁平的時期，順利變成大人。一下胖、一下瘦，身體不斷出現各種變化，步入三十歲後，皺紋、斑點、白髮等「輕熟症狀」的階段性攻擊，讓我相當驚嚇。

但是，度過不斷為「輕熟症狀」感到驚訝的階段後，對這些老化現象就逐漸習以為常。不管是長出皺紋還是斑點，都很理所當然。就算是白髮，一開始還會因為白髮的存在而不好意思，甚至無法開口跟設計師說。但是現在，我已經可以很輕鬆地拜託設計師：

「白頭髮又變明顯了，麻煩你染一下。」

剛剛開始老化的人，一發現老化現象，都會驚慌失措：「只有我變成這樣嗎？」就連朋友也不敢說，只是很阿Q地拚命想隱藏。

然而，習慣之後，便漸漸瞭解「大家都一樣。」沒有人不長皺紋，也沒有人不會老花。

與其勉強擺出一副「我還沒老化喔」的表情，倒不如很乾脆地說：

「用雷射把斑點弄掉吧。」

「我一個月一定要染一次頭髮。」

「近的東西完全看不到，就算想拿遠一點，手也不夠長！」

我總是透過這些對話，加深和同世代朋友之間的同伴意識。

朋友的「熱潮紅宣言」，對身為資深中年人的我來說，是久違多時的衝擊。它象徵著停經前後，當然也就是更年期。因為停經造成的荷爾蒙失調所引起的身心不平衡，稱為更年期症狀。

朋友的熱潮紅宣言，對我來說也是第一次感受到「同齡朋友的更年期」的事件。現在，只要有一點不舒服，我們都會跟彼此說：

「搞不好是更年期。」

「應該還沒到吧？」

這樣說其實是有企圖的。雖然自己說是更年期，但那只是客氣話，也可以說是為了讓對方開口說「沒這回事」才說的。這是象徵著「差不多要真正踏入更年期……」的蓄勢待發。

過去，初潮來臨後的三十多年間，我們的卵子很規律地持續每個月排卵一次。曾經懷孕的人，在那段期間應該可以休息一下，但之後卵巢還是會不斷排卵。「卵子所剩不多，差不多該……嗯~應該不會再懷孕或生產了吧？」不再排卵顯然是已經開始做關門的準備。

最近，我還在想「既然已經沒有別的用處，就算不排卵也無所謂吧」，但是，一旦真的要關門，還是會覺得驚訝：「真、真的嗎？」附近那家蕎麥店的存在，一直是那麼理所當然，然而，一聽到老闆因為年事已高，打算關門歇業，雖然我不算常客，還是會感到驚訝。

對於已經慢慢拉下鐵門的卵巢，我只能說聲：「辛苦了。」卵巢一直相信「總有一天會邂逅精子，進而受精」，所以不斷排卵，但三十多年來，每個月都揮棒落空。對卵巢來說，可能會覺得這一生活得一點意義都沒有。卵巢姊妹（卵巢左右各一）啊，過去這段時間非常感謝你們……

話雖如此，在尚未具體出現更年期症狀的現在，我對更年期其實抱有一絲恐懼。初潮之前，我曾經因為自己的身體有可能懷孕而害怕，在更年期之前也一樣。因為不知道更年期是什麼感覺，讓我對全新的肉體世界不安。

過去，一說到更年期，感覺就像是個謎團。母親或比自己年長的朋友並沒有人說過：

「我現在正值更年期，好熱啊！」

大家恐怕都是默默忍耐吧。

但是近年，開始有女性雜誌製作專題，邀請知名女性暢談自己的更年期經驗和對應方法，於是那些知識變得更加普及。總算不用再默默忍耐了。

身旁的女性也開始跟我聊起更年期。年紀比我稍長一些的前輩一聽到更年期，就會很具體地告訴我：

「我是四十五歲之後開始的，好像得了憂鬱症一樣，很痛苦，不過因為接受荷爾蒙療法，輕鬆多了……」

於是我瞭解了，「經歷過更年期的人，只會把經驗傳授給『即將邁入更年期』的女人」。就算對二十或三十歲的女性訴說更年期的痛苦，她們也只會說：「真的嗎？」但是，若是年過四十五的女性，因為想到自己也即將步入更年期，就會專心聆聽前輩們說的話。以過來人的身分親自傳授，感覺還是比較有意義。

我回想自己的經驗，年輕時聽到「更年期」這個字眼，只會覺得疑惑，做夢都沒想到自己也會有這一天。看到比自己年長女性的煩躁不安，儘管當時不知道這個辭的意思，還是會說：

「那個人是不是在更年期啊～？」

當我還認為「卵巢當然會排卵」的時候，就算腦袋知道有一天會不再排卵，還是無法想像，甚至覺得不管是水、人身安全，還是卵子，都是免費的。但是，不管是什麼樣的女人都會老，不管是什麼樣的卵巢，都有不再排卵的時候。

以前的人或許是認為「跟別人說自己正值更年期很丟臉、很粗俗」，所以都閉口不談。我們則是會自己大聲宣告，因為我們是「有話直說、不吐不快」的世代。即使是現在，從第一次性經驗到膀胱炎，不管是多麼露骨的話題，我們都可以毫不猶豫地和朋友暢談。

以我們這種個性，大部分人都可以若無其事地跟丈夫或孩子說：

「因為我月經來。」因為她們覺得「這不是理所當然的嗎？不說才奇怪吧！」這樣的話，應該也會迫不及待地想要開口跟別人說：「終於到了更年期！」

我們忍不住要讓身邊的人知道「我們已經認清自己是歐巴桑了」。就算嗓門變大、衣服帶點土氣、行動變得遲緩，只要說：

「因為我們是歐巴桑。」

就可以被原諒。即使外表看起來很年輕，一說到年紀，就完全是個歐巴桑。沒有意識到「自己已經是歐巴桑」這個事實，才是最歐巴桑的行徑，所以，「因為我們是歐巴桑」這句話，就像是免死金牌。

這麼一來，「因為我正值更年期。」

這句話應該也有同樣的功能吧。說不定，可以要求政府製作一個更年期標籤，就像「肚子裡有小寶寶」這種孕婦貼紙一樣。或者，也可能出現這樣的提案：

「更年期這三個字感覺不是太好，以後要不要改成『ＪＫ』或『ＫＮ』。」（註：日文中，更年期的發音首字母。）

面對更年期，有人認為「應該坦然接受」，相對也有人會很保守地不安：「一旦停經，就不再是女人了嗎？」

答案會隨著對「女人」的定義而有所轉變。如果認為女＝「可能懷孕」，答案就會是「不再是女人」，但是，如果認為女＝單純的性別，那戶籍上的性別並不會改變。

會提出這種問題的人，可能是看了太多女性雜誌中有關更年期的專題。

「步入更年期後，丈夫對我說：『你身為女人的人生已經結束了』。」

看到有人提出這個問題，自然會對「身為女人的人生已經結束」這句話心生恐懼！

「身為女人」這個字眼，多半被用來檢視是否充實度過女人的一生。也就是說，沒有結婚或生產的女性，不管其他部分再怎麼多采多姿，還是會被說是「不知道身為女人的幸福」。

如果說停經之後，「身為女人的一生便結束了」，那就是代表，在說到「身為女人」時，所用的「女人」二字，指的並不單純是「擁有卵巢和子宮等女性器官的生物」，而是「有充分運用女性器官的生物」。

因為卵巢和子宮只有女人才有，如果沒有加以使用，感覺就是浪費了那些器官。當卵巢停止排卵，確實可說是卵巢已經停止運作。但是，我們真的可以用器官的使用狀況來判定一個人的幸福與否嗎？

以男性來說，若精囊和前列腺用得不是那麼多，並沒有人會說那是「身為男人的不幸」。也很少人會以是否有小孩來衡量一個男人的價值，相較之下，「身為男人的不幸」，指的多半是沒有一個好工作。

我覺得最好可以不要有「身為女人」或「身為男人」這種噁心的說法。對男人來說，如果家庭生活幸福美滿，但工作表現差強人意，應該也不想被人家說「不是一個幸福的男人」吧！而且，就算是ＥＤ（性功能勃起障礙），應該也不想被人家說「這個男人已經完蛋了」。

二〇一三年十月，淺野溫子和淺野優子多年前主演的連續劇《好想擁抱你》（抱きしめたい！），播出ＳＰ《好想擁抱你！Forever》（抱きしめたい！Forever）。我偶然間看到，在劇中從幼稚園時代就是好友的淺野溫子和淺野優子，被設定為五十四歲。

雖然在偶像劇的世界裡，主角有高齡化的傾向，但是，以五十歲的人作為主角，還是讓我十分感慨。當然，腦海中也浮現出疑問：「不是正值更年期嗎？」

在這齣戲中，輕描淡寫提到兩位主角都「已經停經」。偶像劇的主角已停經這個設定雖然新穎，但兩人似乎沒有因為熱潮紅或情緒不穩而困擾。即使我曾經想過，總是在大聲吼叫的誇張演技，「說不定就是在表現更年期的症狀」，但這應該只是單純因為兩人的演技都停留在古時候的關係吧！

劇中，淺野溫子是沒有結過婚的單身女子，而淺野優子則和岩城滉一飾演夫妻。淺野優子似乎有婦科問題，因此沒有小孩，這時，岩城滉一和外遇對象間有一名私生子的事曝光了。一段時間未見的岩城滉一，外表已經徹底變成大叔，然而，即使是這樣的人，也可能讓女人懷孕。而淺野優子看起來雖然還很年輕，卻無法懷孕。這一點就可完全顯現男人和女人在性方面的差距。雖然整體來說，這齣戲的氣氛是輕鬆的，但結局卻非常殘酷。

淺野溫子在劇中找到新戀情，對象是草刈正雄。但是這段戀情到了結婚典禮當天，因為得知草刈正雄的前妻罹癌病危，而有了不幸的結局。背負各種包袱的大人，連輕鬆結個婚也沒辦法。

在這齣戲中，還算讓人感到有希望的部分就是，「雖然已經停經，但還沒有『結束』」。淺野溫子在停經後和新的男人邂逅、相愛，應該也有做愛。如果認為「身為女人的幸福」＝懷孕，就無法得到這樣的幸福，不過，她有善加使用屬於婦女的器官（應該說是黏膜）。

這齣連續劇顯然是以不管在什麼時代，都被稱為消費先鋒的泡沫世代為目標觀眾。隨著泡沫世代年紀的增長，偶像劇主角的年齡也變大了，《好想擁抱你！Forever》堪稱抵達了一個界線。

但是這並不是終點。緊接在更年期偶像劇後登場的，肯定是六、七十歲，早已停經的主角的劇情。

這麼一來，我們應該更能理解，器官的使用狀況和人的幸福與否並沒有太大關聯。因為，在銀髮族偶像劇中，不只是卵巢和子宮，不論男女，黏膜和海綿體的狀況應該都不會太好，完全無法避開「想用卻用不了的器官不斷增加」這個問題。

我認為，停經這種自然現象沒什麼好害羞的，而且也不是「結束」。

「更年期，很辛苦吧！」

「你是ＥＤ嗎？我也是～」

如果男女可以輕鬆地互相慰問，大人的生活，或者說大人的戀愛，一定會更加輕鬆愉快。

少女心

日前，六本木之丘（六本木ヒルズ）舉辦了史努比展，我立刻就去參觀。為什麼？當然是因為我喜歡史努比。

我在孩提時代就瘋狂愛上史努比。我非常喜歡刊登在月刊中的《花生漫畫》，每個月都等著看。而且，我也會拚命購買附贈史努比玩具的巧克力。那時日本還沒有迪士尼樂園，麵包超人熱潮也尚未興起，史努比布偶是每個女孩必備的玩偶。

正因如此，我這個世代的中年人，到現在還是很喜歡史努比。最近，就連優衣庫也賣起各種圖案的史努比T恤。因為可愛的史努比T恤很容易就能買到，一到夏天，中年女性便經常穿上，每次看到這些女性，我就覺得看到同伴。

但是，雖說是「同伴」，當我看到穿著史努比T恤的中年人時，又會覺得「必須小心……」。因為，中年和T恤並不相稱。問題不只是小腹隆起、內衣肩帶的肉被擠出來，或者是骨瘦如柴的窮酸相，T恤這類衣服的休閒感，也已經不適合我們這個世代了。

年輕人就是因為肌肉緊繃，才適合穿上沒有彈性的衣服。但是，肉體失去彈性的中年人若穿著沒有彈性的衣服，整體便會鬆垮垮。褪色的棉質T恤是最危險的一種衣服。

而且，流露著生活艱辛的中年表情，和史努比及查理．布朗的天真模樣實在相去太遠，那條鴻溝絕對不是什麼可愛的東西。

我非常瞭解那種就是因為步入中年，才想要擁抱角色玩偶的心情。就是因為意識到自己外在和內在的「可愛」已經一點一滴消失，中年人才會想要對外追求可愛。能輕易感受到那種可愛的角色玩偶，便是最能撫慰我們的東西。

角色玩偶不只是可愛。《花生漫畫》中的角色，雖然都是孩子，卻散發出一股人生的孤獨和悲哀，這些都是長大後，才能慢慢體會的。就算是麵包超人，那種自我犧牲的精神，也有著撫慰大人內心的力量。

我也是到了中年，才再度著迷於角色玩偶的魅力。我會在記事本的隱密之處，偷偷貼上哆啦美的貼紙，也會買很多LINE的貼圖，像是熊本熊、水森亞土、今日的貓村小姐（きょうの猫村さん）和小鹿斑比等等。有一陣子，我覺得Hello Kitty實在太可愛，甚至還想購買施華洛世奇水晶的Kitty商品，不過，當時我心想「如果連Kitty的商品都買，我就完蛋了」，所以拚命忍耐。

我們這個世代，從孩提時代開始，就在角色玩偶的產業中成長。三麗鷗的Kitty誕生時，我們還在念小學，後來她變成非常受歡迎的角色。我也很喜歡同屬三麗鷗的雙子星（Little Twin Stars）、佩蒂&吉米（Patty and Jimmy）這些角色，到三麗鷗的門市（Sanrio Gift Gate）是一件極為開心的事，因為三麗鷗門市也有販售史努比，對少女來說就像是一個夢幻王國。

度過了盡情沉醉在角色世界中的孩提時代，現在的我有一種返回童年的感覺。因為身為一個大人，而且還是對人生感到疲倦，無法依賴任何人的中年人，看到、欣賞，或是擁有從孩提時代就非常熟悉的角色，非常有療癒效果。

欣賞角色玩偶，是認為「覺得別的東西很可愛的自己也很可愛」而出現的行為。孩提時代被角色玩偶包圍的我們，在往後的成長過程中，也被「可愛的」東西圍繞著。高中時，我非常喜歡看《Olive》雜誌，看到可愛的服裝、可愛的雜貨小物、或可愛的模特兒時，就會出神入迷。對我們來說，「可愛」是最佳的讚美，當對其他東西說著「好可愛啊」時，背地裡其實隱藏著「希望自己是最可愛的」的野心。

「就因為想要維持可愛的模樣，才會喜歡可愛的東西」這種特質，後來一直跟著我們。變成大人之後，我們並沒有完全脫離《Olive》這本少女雜誌，內在還是繼續維持著Olive式的心靈。

這種特質，說得極端一點，可稱為「少女心」，女人即使到了三十或四十歲，都還是會有少女心，過去的Olive少女被改稱為Olive中年。

舊時的女人當然也有少女心，但是以前的人在結婚生子後，就不得不捨棄少女心。在平均壽命很短、年輕時就生了小孩的時代，女性並沒有餘力說「自己想永遠像少女一樣」。就在拚命地做家事、照顧小孩的同時，少女心一點一滴消失，很自然地成了歐巴桑。

但是，在現代度過中年時代的我們，因為壽命延長、科學進步，再加上女性也在社會上活動等各種原因，可以永遠讓自己像個「少女」。許多人不僅重視內在的無邪、純真，就連外在也要「維持得跟少女一樣」。

《and GIRL》這本女性雜誌，我本來以為它肯定是以少女為目標讀者，不料，翻閱之後，我發現它是一本給「就算步入三十歲、在職場上工作、結了婚，都依舊像『Girl』一樣的大人」看的雜誌。當我正想著，這樣的話，那……同一家出版社果然也出了《mama girl》雜誌，也就是說，即使生了孩子，依舊想當個girl。

這麼一來，會出現許多「即使步入中年，依舊是girl」的人，也是很自然的事。《oba girl》（歐巴桑girl）這本雜誌創刊，應該是遲早的問題。

為什麼我們會想要「永遠當個少女」呢？我想這是因為我們都站在「喜歡未成熟事物的日本文化」這個基礎上。在這個國家，越是小而不帶髒汙的東西，越是受到喜愛，成熟的大人則容易被視為不潔。並非因為可愛的東西比較容易被人接受，而是希望自己內心也要保持純淨無瑕。

成為中年girl這個心願，藥性強烈，但也需要小心服用。中年人可能會誤以為「我從以前到現在都沒變，只是欣賞可愛的東西而已」，然而，當中年人拿著Kitty的手帕，或者綁著雙馬尾，朋友或許會說「很可愛！」，在不認識的人眼裡看來，卻是超乎常理的行為。我們必須知道，不小心嘟起的嘴巴四周，會淡淡浮現狀似酸梅的皺紋。

樂於扮演girl的人之中，或許有人認為「男人不管幾歲，都以為『自己就像少年一樣』，女人永遠保持著少女心有什麼不對？」。

以男性來說，現在依舊沉浸在孩提時代興趣的人，經常被稱讚「有著少年一般的眼神，太帥了」，非常受到歡迎。

但是我們必須知道，在這一點男女有別。男性不會在已經成為大人的女性身上尋找少女心，他們要的是能將包括自己的少年心在內全盤接受的「母性」。男人覺得，少女心一定要是真正的少女所擁有的才有價值，Girl中年絕對不可能受歡迎。

在這種狀況下，我們該如何處理自己的少女心呢？

「拋棄少女心，當個真正的大人。」

這根本就是不可能的事。因為我們已經知道「永遠當個girl」的快樂。從孩提時代開始就不斷含在嘴裡的「可愛」這顆糖，不可能現在才吐出來。我們肯定會終其一生不斷說著「這個好可愛！」、「那個好可愛！」，並且持續蒐集貼紙和千代紙。

如此，我們就必須瞭解，就算變成大人，也持續培養少女心的這個行為，就像抽菸一樣。香菸對抽菸者來說，是不可或缺的享樂品，但對非吸菸者來說，只會造成困擾。中年人的少女心對當事人而言，雖然是可以維持精神上的安定，也會讓人怦然心動的重要物品；但是，看在他人眼裡，只會覺得難過或噁心。

因此，我們必須知道「中年人眼裡的少女心，是一種享樂品」。和吸菸一樣，只有在獨自一人或和同好相處時，才能顯露。

我之所以會覺得看到穿著史努比T恤的同輩時，必須多留意，就是這個緣故。我有很多件史努比T恤，在舉行史努比展的商品區，我彷彿為了彌補童年時的不足，買了好幾件上頭畫著初期畫作的T恤。不只如此，事實上，我甚至還有嚕嚕米的長袖棉衫和亞土的長版T恤。

但是，穿著這些衣服出門，就好像在人群中吸菸。雖然自己覺得「這件T恤很可愛，而且，穿著T恤的自己也很可愛」，心裡相當滿足，但是，半老的軀體＋角色人物T恤這種化學變化所產生的腥臭味，對別人來說，是極大的困擾，我們必須有所自覺。

因此，我從幾年前開始就為自己訂下了「角色人物的T恤只有在家時可以穿」這條規定。最近，吸菸者也只能在規定的空間吸菸，中年人的角色人物T恤，如果只在他人看不到的地方穿著，應該不會造成別人的困擾吧！

不只是T恤，就連我偷偷收藏的可愛書籤或信封貼紙，應該也只能在自己家裡欣賞。

或許有人會感嘆：「雖說已經上了年紀，如果只能偷偷摸摸做著屬於女孩們的活動，也實在太悲慘了……」我想這些人也不用感到絕望，因為只要再等個三十年，我們就可以再度光明正大地變成女孩了。

不知為何，和中年女性完全不相稱的少女心，在女性年紀變得更大、成為老年人時，就會再度顯得對味。滿頭花白的老太太在頭髮上夾著BB夾，或是身穿古典花朵圖案的連身洋裝時，可能會讓人覺得「好可愛」，這時，已經聞不到腥臭味。因為在七十五歲後，肉體已經變得徹底乾涸，所以，將少女一般可愛物品穿戴在身上時，所發出的腥臭味也消失了。

雖然我尚未見過，但我想老奶奶穿著史努比T恤的模樣，一定非常可愛。就算手腕和脖子的肌肉都已經下垂，老奶奶的皮膚早已過了半乾不熟的階段，變得完全乾枯，所以會散發出如沙漠般的清淨氣氛。也就是說，她們又回到接近真實少女的狀態。

最近的年輕人都說：「想當一個可愛的老奶奶。」

她們絕對不會說：「想當一個可愛的歐巴桑。」

她們完全瞭解，歐巴桑不管再怎麼努力，都無法變可愛，但老奶奶卻可以。

就拿草間彌生來說，她在中年時期雖然被當作季節商品，但老了之後卻徹底爆紅，水滴圖案和普普風的配色都讓人覺得「很可愛」。瀨戶內寂聽女士說，她在中年時期也是受到各種攻擊，但現在卻受到眾人尊敬。所有粉絲都對著她那光滑的肌膚大叫：「哇，好可愛！」老奶奶不管再怎麼可愛，都不會被說成「噁心」。

我們這些中年人正值變成老奶奶、可以再度全面開啟少女心前的漫長蟄伏期。只要再等個三十年，就算出門也能穿史努比T恤，在雙馬尾上打上緞帶或許也會被接受，也可以把棺材弄成自己喜歡的角色人物造型。

當拚了老命地不讓內在的少女心顯露在外的我們，變成老女人時，這個世界應該會充滿「可愛的老奶奶」，說不定還會出現超越過去那種「可愛老奶奶」概念的「超可愛老奶奶」，因為那是我們這些長期被壓抑的欲望大爆發後的模樣，希望它可以溫暖地守護我。我試著思考了一下自己的狀況，我應該不要丟掉史努比T恤，然後努力活久一點，直到可以再度展現少女心的那天來臨為止。

工作

當我還是個上班族的年輕時期，天天都要出席如果不將安全別針戳進大腿，就會陷入昏睡的無聊會議。所以，雖然我是個對工作沒有什麼熱情的上班族，也會和同期進公司的女同事聊著這些話題：

「就算是那樣的會議，如果有一個帥哥出席，我也會突然湧現幹勁～」

「沒錯沒錯，可能還會突然發言什麼的～」

所謂「帥哥（格好いい男子）」，以現在的話來說就是「型男（イケメン）」，當時還沒有「型男」這個字眼。

為求慎重，我得先說明，我並非以貌取人，也不是外貌協會。但是，做著讓人提不起勁的無聊工作時，我還是很感謝那些可以讓自己打起精神的型男。一如飯店窗外的景色，相較於灰撲撲的工廠，青翠的山脈肯定更讓人心情舒暢，在會議中看到的景色，當然也是「越賞心悅目越好」。

現在，我依然堅持那套原則。我曾經針對一起去採訪或用餐的工作夥伴，詢問過編輯：「如果對方不是庸俗、土氣的粗人，我當然會比較開心，或說比較有幹勁……不知各位是否也有同感？」也就是說，我問編輯是否也認為一起工作或用餐的作者，若不是庸俗、土氣的粗人，會比較開心一點。

結果，編輯馬上否定了我的說法：

「不，沒這回事。只要可以寫出好的稿子，長什麼樣都無所謂。」

原來如此～，原來是這樣……思考片刻後，我突然發現一件事：「編輯在作者，特別是容貌明顯衰老的中年女作者面前，怎麼可能說出『就是啊，當然是漂亮的人會讓我們工作得更起勁』這種話。」

於是，我對自己竟然老化到會「問這種答案顯而易見的問題」，感到相當挫敗。我非常感謝那些比我年輕，而且小心翼翼回答「我們不會因為容貌而有差別待遇，不管多老，只要可以寫出好的稿子，我們都會很開心」的年輕編輯。

就像這樣，最近我經常發現，工作時自己「被小心翼翼地對待」。和初次見面的年輕人碰面，對方總是不斷發抖，顯得相當緊張，讓我覺得「自己讓對方感到害怕」。

在聚會的場合，自己變成最年長或是最資深的機會也越來越多。沒有什麼事比被安排到上位，或者進出店家時被禮讓先行更麻煩了。我心想：「唉，走在最後面，或者坐在下位的時代，實在是太輕鬆了！」

我的一些上班族朋友也坐上了必須承擔責任的位置。身為雇均法（雇用均等法。譯註：即雇用均等法，禁止職場上的性別歧視，不論男女，在雇用、晉升、加薪、退休、解雇等各方面都應平等對待。）世代的我們，有人是菁英組，不斷努力，最後出人頭地，有人持續當個普通粉領族，也有人曾經為了照顧小孩而辭職，後來再度就職，有各種不同的工作方式。

那些身為菁英組，進而出人頭地的朋友所煩惱的似乎是「該如何當個主管」。有些人的性格是要等到「站到眾人之上後，才知道該怎麼做」，我的朋友D子便是在擔任某個工作的主管後，性格瞬間變得像慈禧太后。她的部下多半是女性，但她對部下相當嚴格，再加上同為女性，當部下流淚哭泣，反而會被嚴厲斥責：「哭不能解決問題。」不但有些部下開始精神衰弱，只要發生什麼不開心的事情，她就會對職位更高的男性怒目相視，非常令人害怕。

還是基層員工時，並不知道她是這種性格。雖然不是溫柔軟弱那種類型，卻也沒想到竟然這麼恐怖，讓身邊的人十分驚訝。現在，為了避免被說是職權騷擾（Power harassment），男性主管在管理部下時已經不再那麼嚴厲，但或許她就是女性特有的慈禧太后型。

當然也有人完全不適合擔任管理職。所謂工作，就是主管和部下站在完全不同的立場。身為部下（亦即執行者）時，明明可以順利完成工作，一旦站上主管位置，便會開始在意部下看法，或是焦躁認為「自己做可能比較快」。

我的朋友中也有這種類型的女性。她們從學生時代就非常優秀，進入一流企業後，做起事來也幹勁十足，然而一旦變「ＸＸ長」，因為情況完全不同，她們的氣勢瞬間崩解，最後，精神崩潰，必須暫時停職。

我將這一類女性稱為「雅子妃型」。雖然皇太子妃的立場和企業中的管理職完全不同，卻同樣都是角色顯眼且責任重大。成績優秀且將來備受期待的女性，因為立場改變而受挫……就這個層面來說，不是很像雅子妃嗎？話說，雅子妃自己也是雇均法世代。

我認為，能在企業中出人頭地的中年女性裡，工作時可以展現出最強安定感的就是「媽媽型」。這和女性自己是否真的生育過無關。在性格上，瀰漫一股「媽媽味」的女性，感覺上，即使不在企業中出人頭地，人生也能一路順暢。

所謂的「媽媽味」就是「包容感」。她們不會因為部下的小失誤而驚慌，也不會大聲張揚，只會在事後不動聲色予以安慰，行事風格相當溫和。她們的姿態看起來十分沉穩，同時也不忘照料細節，個性開朗，滿臉笑容……大概是這幅模樣。

這種媽媽型的女性，只要有在工作，不管處於什麼樣的位置，都很吃得開。擔任管理職時，當然備受愛戴，就算身為一般員工、兼職或是派遣員工，「媽媽型」也非常受歡迎。

以一般粉領族來說，經常會出現職位比自己高的人，年紀卻比自己小的情形。這時，如果這個老練的一般員工屬於美魔女型，就會不知道如何對待對方，讓職場產生微妙的失衡。

在日本職場，經常會出現虛擬家庭的情形。如果處於最高位的人是男性，那個人就是扮演父親的角色。中年以上的女員工是母親，以下的中階員工則是長男、長女和其他小孩，新進員工是老么。

因此，在職場上，「媽媽型」的中年女性會被視為珍寶。如果對方展現出「我不是什麼媽媽，而是優秀的女性」這種態度，感覺就像是小三出來攪局一般，虛擬家庭的平和氣氛便會遭到破壞。

一如在家庭中，如果媽媽行事穩重，那個家庭就會平和安寧，在職場上，如果中年女性可以恰如其分扮演好媽媽角色，職場就會安定。不賣弄性感，支援「父親」，並且給年輕社員提供意見，拍拍他們的屁股，對他們的失敗睜一隻眼閉一隻眼，同時也予以責備。透過這些事，中年女性的存在有了意義。

但是，在最近的職場上，扮演「母親」這個角色的人似乎越來越少。因為中年女性拚命想要永遠保持身心的年輕，雖然就年齡來說已經是個母親，自己卻不打算接受那個角色。

比方說吃午飯時，四十多歲的女性不會和五十多歲的女性同行，而是選擇和三十歲以下的女性結伴。在聚會上，如果座位分成年輕席和年長席，她們會想坐在年輕席，讓真正的年輕人感到困惑。

當聽到年輕女員工說：「最近的中年員工都賴著不走。」我總覺得有點刺耳。因為我自己也已到了在職場上必須扮演母親的年齡，卻不知該如何表現出媽媽味。我既沒有包容力，也無法帶領眾人。

我的性格本來就非常依賴（換個可愛的說法，就是「喜歡撒嬌」），也沒有真的帶過小孩，實在不知道如何說出「跟我來」。而且，我很貪心，不想被年輕人討厭，所以不懂得如何「偶爾予以斥責」。

非上班族的我，並沒有「為了將這個孩子培養成一個可以自立的員工，必須好好教訓他」這種為公司奉獻的好心腸。雖然曾經對一起工作的年輕人感到不耐煩，但那時我總是會想：「我又不是這個人的主管，稍微忍耐一下就好了，只要不要再和他一起工作就行……」總是有辦法逃脫。雖然偶爾也會心想：「可是，我也差不多該盡一點大人的責任了，是不是該好好教訓他一下？」最後還是因為怕麻煩而什麼都沒做。

不過，偶爾我也會覺得忍無可忍。簡單來說，當我「陷入崩潰狀態」時，也會指責對方：「你啊……」

結果，因為平常不習慣生氣，不知該如何拿捏，以致全盤失控。完全就是口不擇言有話直說，讓對方無路可退，直到打垮對方為止。等氣消了之後，才突然發現「當時的自己，簡直就跟慈禧太后一樣……」，不禁打了個寒顫。

不只是我，在工作上，不知該如何教訓年輕人是現今中年女性的共同煩惱。尤其是對上班族來說，只要稍微嚴加訓斥，就會變成職權騷擾，稍微弄錯表達方式，也可能變成性騷擾。

某位女職員曾經很生氣地說：

「現在的年輕人，不論男女，只是稍微教訓一下就哭了。雖然很想罵他『明明是個男人，還哭！』但說了後，恐怕又會變成性騷擾，只好假裝沒看到他的眼淚。還有，是叫新型憂鬱嗎？只要在公司有一點不開心，就馬上請假，卻在臉書上看到他和朋友開心玩樂，真是莫名其妙！」

屬於雇均法世代的現代中年人，是首批受到這個社會接受、大量出現的「女性主管」。雖然以前也有爬到眾人之上的女人，但那些都是超級優秀，同時又極為努力的人，或者是出身在創業者的家庭。

在我們這個世代，一般女性已經開始擔任管理職。其中雖然有人順利成為媽媽型主管，但也有人覺得「自己根本就很愛撒嬌」，或是希望「部下不要是比自己年長的男性，因為這樣就算想罵人也說不出口」。

女性主管不斷增加這件事，讓職場上的虛擬家庭樣貌轉變。當女性成為部門主管後，就不再是扮演父親的部門主管和扮演母親的中高年女性員工，以及扮演子女的年輕社員……這種傳統結構；而會變成沒有父親，就算有，也是吃軟飯的狀態。

但這或許也是時代的趨勢。因為現在家裡只有媽媽的單親家庭並不罕見，雖然同為母親，但並非每個人都刻苦耐勞、堅忍不拔，也有人選擇盡情享受身為女人的快樂人生。

現在的公司和終身雇用、依照年資敘薪的過去截然不同，每個人都有不一樣的立場。看到延後退休的人和公司融為一體的模樣，就會想交付他虛擬家庭中的爺爺或奶奶，非應屆畢業生的新進員工就像是再婚對象的拖油瓶，派遣員工就等於是表兄弟。管理者必須具備將關係疏遠的親族團體加以整合的能力。

在這種時代，女性或許意外適合擔任管理職。男性若想帶著父性讓各種不同人組合而成的團體更加凝聚，需要相當的領導者氣質，但母性卻能更溫柔地將每個人都擁在懷中。

……只是，就像之前提到的，雖然是女性，也不是每個人都擁有母性。在日本，上了年紀的女性雖然在所有場合都被期待要扮演母親的角色，但若女性主管自己放棄「母親」這個角色的責任，以嬸嬸之類的感覺來管理組織，或許也不錯。

泡沫

現在，一說到「泡沫世代」（バブル世代），我想大家腦海中浮現的應該是所謂的中年男女。綻放出不符時代的耀眼光芒的中年人身影，應該就是「泡沫世代」的形象吧。

狹義來說，所謂泡沫世代指的是在泡沫經濟時期找工作、輕鬆就被錄取的人。他們是在一九八八到九一年之間大學畢業、開始就業的人，一九八九年就業的我，便是貨真價實的泡沫世代。

廣義來說，在泡沫時期擁有愉快回憶的人，包括享受到其恩澤的人，都可稱為「泡沫世代」。根據這種說法，比我們這些正宗泡沫世代更年長的人，也算是泡沫世代。

也就是說，以狹義的泡沫世代為下限，比這些人更年長的世代，就是「以大人的身分享受泡沫時期的人」，這種堪稱「泡沫感」的氣氛，對我們來說，是中年氣味的最主要來源。

泡沫世代和在泡沫崩壞之後度過青春期的非泡沫世代兩者的最大差異是，我們這些泡沫世代認為泡沫時期是「最近的事」，相對於此，非泡沫世代則會認為「泡沫經濟是一個歷史事件」。

泡沫經濟時期在泡沫世代心中，留下深刻印象。在自己人生中的夏天和日本這個國家的夏天完全重疊的那段時期，每天都過得如祭典一般。因為這個印象實在太鮮明，再加上往後的時代又太過樸實，感覺一轉眼就過去了，所以，我們會覺得泡沫時期並沒有那麼遙遠。

相對地，年輕世代就算聽過泡沫世代的事，和自己的青春相對照之後，總覺得很不真實，與其說是真實事件，感覺還比較像是傳說。不管是戰爭時的事或是泡沫時期的事，聽起來都像是「歷史中的一段情節」。

正因為如此，只要我們稍微語帶得意地說：

「在我找工作的那段時期，不管是誰，都可以被五家左右的公司錄取。」

或是「獲得內定之後，就會被關在豪華飯店中，讓我們不能接受其他公司的工作。」

非泡沫世代就會覺得「這個人應該有點年紀了——」。一般上班族穿著約翰．羅布（John Lobb）的鞋子，普通家庭主婦跟丈夫吵著要梵克雅寶（Van Cleef & Arpels）的珠寶首飾，完全就是中年人才會做的事。

當然，時下年輕人也有許多優秀人才，所以，當他們聽到泡沫時期的事，或看到帶著泡沫時期風格的行為時，都會說：

「泡沫時期真是不錯啊～金光閃閃，感覺好像很開心似的。我真想體驗一下泡沫時期。」

但這只是年輕人的體貼。在我們的孩提時代，一聽到鄰居的爺爺說到戰爭時的經驗，不管聽了幾次，都還是會凝神傾聽。同樣的道理，年輕人也會覺得「必須聽年長者說話」，所以才聽我們訴說泡沫時期的點滴。

而且，就算他們只是說些「好好喔～」這種場面話，我們還是會有一點開心。就在中了年輕人「吹捧泡沫世代」這個計謀的同時，我想起了全共鬪世代。

所謂全共鬪世代，指的是當我們這些泡沫世代還年輕時，便已經步入中年的人。因此，我們經常從全共鬪世代的口中聽到學生運動的情節。

當聽到「新宿暴動時，我們被噴催淚瓦斯……」

我們一定會先接口說：「好可怕啊～」

但內心裡只會把它當作「歷史上的事件」。我們完全不瞭解為什麼會發生學生運動，最高峰又是什麼時候，我們認為這些都是「傳說中的事」。

但是對身為全共鬪世代的中年人而言，學生運動是「剛剛發生的事」。

「搭不上計程車時，可以叫租車公司接送。」

跟年輕人聊著這種瑪麗·安東尼式（Marie Antoinette）的泡沫回憶時，便可瞭解全共鬪世代當時的心情。

相較於全共鬪世代的英勇傳說，泡沫世代對年輕人訴說的這些光榮事蹟實在很遜。全共鬪世代的人會自己思考，採取行動。雖然也有受到身邊人的影響，但丟石頭或被噴催淚瓦斯的人是自己。他們努力奮戰，追求自己要的東西。

泡沫世代並非靠自己的能力打造出好景氣。而是在社會打造的富裕環境中表現自己，或者說是被要求表現，完全沒有「想要改變這個世界」的氣魄。

特別是我們這種泡沫就業組，只是剛好在泡沫時期求職的世代。被多家公司錄取，並不是因為自己很了不起，而是時代使然。能在就職的公司大肆使用計程車搭乘券，也是托上一個世代辛勤工作之福。

泡沫世代的中年人在泡沫崩壞後，總覺得很對不起社會，這種心情背後有著「自己什麼都沒做」的愧疚。我們並沒有像戰爭世代那樣接受時代的考驗，也沒有像全共鬪世代那樣力求某些改變，就只是跟隨著時代的變化，然而，泡沫卻崩壞了。再加上，因為只有自己可以輕鬆找到工作，獲得一份安穩的職業，但下個世代就算趴在地上找工作，卻還是無法被錄取，所以不得不感到「抱歉」。

雖然泡沫崩壞並不是泡沫世代的責任，但我們卻有一種「可能是因為我們太招搖了，泡沫才會崩壞」的心情，實在是「很抱歉」。

泡沫崩壞之後，泡沫就業組在社會上有一種抬不起頭來的感覺。「雖然人數很多，但能用的卻很少」——也會覺得別人用這種眼光看自己，應該是被害妄想症吧。只要看了電視劇《半澤直樹》的原著《我們是泡沫入行組》（オレたちバブル入行組）就可以瞭解，在大企業中，錄取的人很多，所以之後會陷入激烈競爭，被淘汰的人也很多。

雖然泡沫世代不喜歡被當作「不知民間疾苦的笨蛋」，但是，我們唯一能做的，也只有「消費」。泡沫世代知道花錢的快樂，因此，在泡沫崩壞之後，不管景氣多麼糟糕，都會被任命為「消費先鋒」。雖然年輕人說：

「名牌精品這些東西實在太俗氣了。」

但泡沫世代還是會持續購買：

「我們應該差不多是真正適合使用名牌精品的世代了。」

特別是我們這些女人，更是備受期待。當泡沫世代上了年紀，這個社會也瞄準我們的購買力做出變化。以前，適合中年女性的服裝，就只有帶點歐巴桑味的高級名牌，但現在卻出現許多「帶了點高級感，卻不像歐巴桑，價格也很親民」這種針對中年女性的名牌。在出版界，以前針對中年女性出版的雜誌，只有像《主婦之友》（主婦の友）這種生活實用誌，或者是《家庭畫報》（家庭画報）這種貴婦看的雜誌，但現在卻創辦了各種針對「想時尚打扮，也想受人歡迎」的活躍中年女性的雜誌。

看到這些現象，感覺就像有人在說：

「你們根本不用想什麼困難的事，所以，希望你們可以花錢改善日本的景氣。然後繼續天真浪漫地玩耍，讓這個世界變得燦爛光明。」

於是，泡沫世代也說：「那我們就滿足大家的要求……」不斷購物、玩樂，這也是身為泡沫世代的好處。

前幾天，我有個機會參加一位二十多歲女性的生日餐會。我們在市中心的時尚日本料理餐廳用完餐，打算搭計程車前往咖啡店吃生日蛋糕時，她有感而發地喃喃自語：「哇，感覺好像泡沫時期一樣……」

為了吃生日蛋糕而特別換地點，而且還是搭計程車，對她來說應該是泡沫時期才有的行為吧！

我聽了她的喃喃自語，心情變得很複雜。對於這樣的行為，現代年輕人心中的感覺與其說是「可以稍微奢侈一下，好開心」，倒不如說是「這麼浪費錢，真是愚蠢」。

明明是抱著想讓年輕人「見識一下大人的世界」的心情，而舉辦的餐會，卻……實在讓人有點氣餒，隔天，我試著問了其他年輕人，對方安慰我：

「不用沮喪喔，我們真的很憧憬泡沫時期，『感覺就像泡沫時期一樣』其實是一句讚美的話！」

「因為我們完全不知道景氣好的時候是什麼樣子。聽大人聊泡沫時期的回憶，感覺就像做夢，真的非常羨慕。生日時不是會收到一百朵玫瑰嗎？每個男人都像石田純一一樣開ＢＭＷ，不是嗎？」

不是很充滿希望嗎？

我不知道那位年輕人講這些話時是否真的發自內心，但是那種體貼卻讓我非常感動。我從來沒有收過一百朵玫瑰，也沒有坐過ＢＭＷ，但我卻想雙手合十地跟他說聲謝謝。

在我的孩提時代，每一位大人都「走過比現在貧窮的苦難時期」。我的祖母經歷過關東大地震，父母的孩提時代經歷過戰爭。在故事中聽到「防空洞」、「疏散」或是「空襲」這些字眼時，我發現「這個社會真的是越來越富裕」，同時自己也長大成人。

但是，泡沫時期過後，景氣不斷衰退。結果，比我們年輕的世代，走過經濟條件遠比我們差的時代，變成非常能幹的人。我年輕時對中年人抱有一種「枯萎者」的印象，但是，現在的年輕人一說到中年人，就會覺得他們是「閃閃發亮的一群」。我們在回憶過往時經常出現的「迪斯可」、「計程車搭乘券」或「ＢＭＷ」這些字眼，聽在年輕人耳中是什麼感覺呢？

應該會很生氣吧：「就是因為你們這麼愛花錢，所以我們……」

我滿懷歉意，同時也抱持希望地看著現在的年輕人。我的祖父母或父母那一代，因為知道戰爭的痛苦，養育我們的時候，都不想讓孩子吃苦。結果，隨著時代的變遷，我們長大成人後，成了只要負責帶動消費就好的泡沫世代。

而不知何謂景氣很好的時下年輕人，看著即使步入中年還在聊著PRADA、LV、戀愛、做愛的我們，一定會覺得很不可靠。

現在的年輕人的確非常能幹。中年人看到年輕人會說：

「不去國外玩，也不開車，不滑雪，也不玩滑雪板，不喝酒，也不做愛，穿優衣庫的衣服，在大學裡應該也會乖乖上課吧！這樣的人生有什麼樂趣呢？現在的年輕人一點雄心壯志都沒有！」

但是，仔細一想，明明是大學生卻不念書，只會帶著名牌精品開進口車、到國外旅行，這樣的人不是很奇怪嗎？未成年卻拚命喝酒，結果男女關係一團糟，這是想怎樣？穿著樸素的衣服認真上課的時下大學生，才堪稱理想典範。

因為實施安倍經濟的關係，未來日本的景氣有可能會好轉，也可能突然變差。但是，在景氣低迷時踏實生活的世代，不管面臨怎麼樣的時代，應該都可以好好地生存下去。

我們這個世代，在極端特殊的泡沫經濟時期度過青春歲月，但現在的年輕人，卻是在二次大戰後首度經濟衰退的時代中長大成人。

「未來，我們也會努力幫忙擴大內需，做景氣的支柱……加油，年輕人！」我至少要帶著贖罪的心情，為年輕人加油喝采。

忌妒

一位兒子已經念高中的女性朋友，有一回心情異常憤慨。

「兒子的包包裡竟然有女校校慶的入場券！如果是間好學校也就罷了，竟然是間連名字聽都沒聽過的女子高中！我以為只有我們家的兒子不會做這種事，他明明就是個老實的乖孩子……不可原諒！」她哭喪著臉說。

我不知道她為何生氣。就算是老實的乖孩子，也會去女子高中的校慶吧！

「咦，女子高中的校慶有什麼不對嗎？我們以前不是也會去參加男校的校慶？」我一說完，她又接口：

「我就是討厭，兒子竟然和奇怪的女高中生說話……」因為激動又悲憤，眼淚終於奪眶而出。

我曾經聽說，對母親來說兒子就像戀人，不過，我到那個時候才知道，媽媽竟然會對這場「戀愛」這麼認真。特別是那位朋友的例子，兒子是獨生子，她和丈夫又長年感情不睦，所以宛如戀人一般的兒子就顯得更為重要。她會在兒子回家後檢查他的包包，說不定連手機也會查看。

說到這裡，有高中生兒子的另一位母親說：

「我在兒子的房間裡，怎麼找都找不到色情刊物，嗯～就算他在網路上看色情圖片，我每天檢查他的垃圾桶，也看不出他有自慰的跡象，我家孩子應該沒問題吧！」

「你竟然做到那種程度！」我驚訝地說。

「應該是在浴室做吧……」我記得自己當時隨便塞了一個答案給她。

這就算了，因為兒子參加女校校慶而暴怒的母親說：

「我逼問兒子，他只藉口說是受朋友妹妹之邀，但都沒有看到漂亮的女孩子……不管如何，都無法原諒！」

她彷彿因為「兒子對母親以外的女人感興趣」，而深受打擊。

那模樣根本就像是一個從丈夫的公事包中發現酒店小姐名片的妻子。

「說到酒店，要是六本木的也就算了，竟然還是錦糸町！我以為就我家丈夫不會做那種事，我逼問他，他藉口說只是去應酬，完全沒有漂亮的小姐……」

但是，現在對她來說，兒子去參加女校校慶這件事，遠比丈夫上酒店來得嚴重。「可是，到了這個年紀，如果對女孩子完全沒有興趣，那也有問題吧？總比去看男子高中的校慶好吧？」

我安慰不斷嘆氣的她。

「去看男子高中的校慶還比較好吧，與其被奇怪的女人糾纏，我倒寧願他變成同性戀，一輩子和我住在一起。」

因為太愛兒子，連思想也變得極端。

對兒子的對象產生這種忌妒，或許也是中年人的特徵。當孩子長大，開始離開雙親的庇護、自己行動後，父母似乎有一段時期會很難平靜。我發現，越是傾注全力，認真照顧孩子的人，這種傾向就越是強烈。

我記得，那位朋友從兒子還小的時候就開始說：

「我一定要讓我們家的孩子愛上媽媽。」

當時我便覺得「這下不妙了……」。雖然她的願望實現了，兒子長成符合母親期望的溫柔少年，不過，對同年紀的女孩感興趣，還是激怒了母親。我不敢看她以後會變成什麼樣的婆婆，不過也有些期待。

中年女子忌妒的對象，不只是身為虛擬戀人的兒子。母親也會忌妒女兒。女兒也會長大、變時尚、談戀愛、和同伴一起快樂玩耍……迎接人生的春天。那個時候，面對看似開心的女兒，母親似乎會無法釋懷，有時甚至會懷著恨意看著女兒。

「你可好了，每天都這麼開心，我卻每天都跟傭人一樣。」

中年人之所以會忌妒自己兒子，是因為中年時期是最能如實反映「他走在上坡的路上，但我卻在下坡途中」這個事實的階段。當孩子還未經世事，父母和子女會安定地保持統治與被統治的關係。但是，一旦父母步入中年，兒女也會宛如從蛹蛻變成蝴蝶，脫離稚嫩。破蛹的蝴蝶有著一股濕潤鮮嫩的美麗，非常吸引異性，但那時的母親只會越來越乾涸。將光彩亮眼的孩子和乾涸的自己相比，就會忍不住說出：「真羨慕你。」

不過，現在對孩子產生忌妒之情的中年女子，過去也曾被自己的母親忌妒。說到我們這個世代的母親，她們的青春時期並不像現在的女性，可以積極地在社會上活動，結婚生子幾乎是女性求生存的唯一方法。很多女性雖然有自己真正想做的事，卻因為結婚生子而不得不放棄，成為家庭主婦的女人，將自己的夢想託付在女兒身上。

我們的母親讓女兒念書、學習才藝、就業，我家也是如此，就算女兒已經開始工作，也還是住在一起，不管是內衣褲都會幫忙洗，加班回來也會端出溫熱的飯菜。

相對於此，女兒雖然很辛苦，但每天都過得很充實。放假時，會去聯誼或到國外旅行，生活非常多采多姿，完全沒有「非結婚不可」的壓力。

看到這副模樣，母親們總是會感到莫名悔恨。雖然自己的確將夢想寄託在女兒身上，但是看到實現那個夢想、每天過得耀眼燦爛、無憂無慮的女兒，還是會覺得「為什麼那個快樂的人不是我，而是女兒呢？」

「算了，媽媽是家庭主婦，所以不懂這些。」

當在職場上工作的女兒對自己說出這樣的話，就不禁覺得，為了家人奉獻一切的自己算是什麼呢？

母親那一輩的忌妒和我們這個世代的忌妒，雖然同樣都是「對女兒的忌妒」，但在特質上有著些許差異。我們這個世代，一向照自己的心意做事，所以不會「把自己無法實現的夢想寄託在女兒身上」，多數人的教育方式都是「盡量讓女兒順著自己的個性發展」。

那麼，我們這個世代會忌妒女兒的什麼呢？我想應該是「年輕」。我們這個自認為已經「自由度過快樂年輕歲月」的泡沫世代，心裡總覺得「最開心的人應該是我，我是全世界的中心」。這種想法即使到了中年也不會消失，很多人雖然嘴上說著「因為我已經是歐巴桑了」，但是內心卻覺得「自己和年輕人一樣，甚至比他們出色」。

但是，看到女兒享受著制服迪士尼（註：進入大學後，和朋友穿著高中母校的制服，到迪士尼樂園遊行。），或是萬聖節派對等自己年輕時沒有的玩樂方式，母親會突然覺得「為什麼女兒過得比我快樂？」而且，女兒的皮膚就算不化妝也光滑細嫩，沒有皺紋，也沒有白髮，似乎很受歡迎……

不管抗老技術再怎麼發達，中年母親的肉體都會快速衰老，夫妻間的感情也會迅速冷卻。雖然腦海中有著各種幻想，但和異性的往來機會卻越來越少，女兒滿溢荷爾蒙和水分的身影，在已經老花的眼裡看來，實在太過耀眼。和女兒走在一起，當實際感受到擦肩而過的男性視線理所當然集中在女兒身上時，儘管自己對女兒呵護備至，陰鬱之情還是會自心中湧現。

對年輕人產生忌妒之情可說是中年女性的宿命。即使在職場上，不管是再怎麼糊塗的失誤，如果犯錯的是年輕女孩，只要說一句「非常抱歉～嘿嘿」，大多時候都會被原諒。看到這種情景，老練的中年女性就會心想，「怎麼可以用『嘿嘿』來含混過關，主管那老頭也不會因為『嘿嘿』就原諒你」，但這顯然是對年輕的忌妒。

中年女性之所以會忌妒年輕女孩，是因為自己過去也「因為年輕而得到各種好處」。說到這個，在我二十出頭、還是上班族的時代，當主管分送到國外出差的紀念品時，只有我拿到一條還算好看的絲巾。辦公室中，知道這件事的中年女性，都繃著一張臉瞪著我，嘴上喃喃說著：「哼，根本就是肉包子打狗。」

聽到這句話，我不禁全身顫抖。不過，現在的我非常瞭解她們的心情。在職場上，中年女性的能力和經驗都比年輕女孩強很多，可是，得到寵愛或受到特殊待遇的卻是年輕女孩。這雖然是很理所當然的事，但中年女性並無法愉快看待眼前不斷擴大的年齡差距。

年輕女孩總誤以為自己之所以能得到特殊待遇，不是「因為自己年輕」，而是「因為自己特別」。而且，不知為何，不管到了幾歲，她們還是會繼續這樣誤解下去。

但是，「特別待遇的寶座」就像博愛座，只會提供給某個年齡層的人。而且，和博愛座不同的是，上了年紀後，不管是誰都會依照順序像製作寒天一樣被擠壓出去。一直誤以為「自己很特別」的人，便會因此感到憤怒：「為什麼我會被擠出去？」

年輕時越是受到眾人喜愛的既得利益者，那種憤怒就越強烈。社會上將這種憤怒稱為「忌妒」，但是，因為自己應該得到的東西被年輕女孩用不當方式奪走而生氣的中年女人，絕對不會承認那是忌妒，身邊的人也會因為覺得可怕，而與她保持距離。

我年輕時認為，「忌妒是年輕人才會有的情緒」。只有陷入熱戀的年輕人，才有為忌妒所苦的權力。

但是，年紀漸長之後，我發現事情似乎不是如此。隨著年紀增長，會出現那個年紀特有的忌妒情境。

這麼說來，中年或許是最容易忌妒的年紀。對於配偶，會因為對方外遇而忌妒，對於子女，也會因為他們「似乎過得很開心」而忌妒。不但會忌妒擁有自己沒有的水嫩肌膚的女人，也會忌妒人生過得比自己順遂的朋友或網路上的某人。

中年女人或許就是因為這樣，才會愛上韓流明星或傑尼斯偶像。之所以會出現忌妒這種情愫，就是因為以為應該歸自己所有的東西，因為某種理由被掠奪。丈夫或孩子這些家人當然是屬於自己的東西，不料回過神時，突然發現他們朝著別的方向，擺出一臉「我們並不是你的東西」的表情。而且，打從出生就一直以為歸自己所有的年輕，也在不知不覺間從自己手上溜走。

但是，韓流明星和傑尼斯偶像並不會像丈夫或孩子一樣撇開臉，也不會像青春一樣不知不覺從身邊消失。只要付錢買ＣＤ或門票，他們就會永遠對自己微笑。

只要付出足夠的金錢，他們就會永遠面帶微笑，溫柔地對自己說話，真的是非常值得感謝的存在。跟幾年、幾十年來，自己一直為其準備三餐、打掃、洗衣，卻只會對自己說「吵死了！」的家人，完全不同。

當然，明星或偶像事實上並非為粉絲所有。但是中年女性已經瞭解，沒有任何東西比「擁有」這個概念更不可靠。這個世界上，沒有什麼東西「永遠都是我的」。正因如此，中年女性應該已經深刻體悟到，只要付錢，年輕偶像綻放的光彩便有瞬間屬於自己。

不過，這樣的中年女性同時也認為，可以再度享受「擁有感」的季節一定還會再回來。丈夫總有一天會回到妻子身邊，這回反而是妻子覺得厭煩。孩子總有一天會開始孝順父母，不再那麼毛躁輕浮。當年紀再大一點，甚至會忘記過去曾經擁有過年輕。

中年人就這樣在占有欲和忌妒之間不斷搖擺。我想，搖擺並不是件痛苦的事，能夠搖擺，也是因為多少還殘留一點活力。

放任老化

現在的我這輩子第一次受腰痛之苦。之前下大雪時，因為剷雪動作不夠熟練，腰部感到些許疼痛，而後，又因為某種原因導致病情惡化。

一旦向前彎腰便會感到痛苦，行動時顯得老態龍鍾。如果不扶著桌子或什麼東西，就無法彎腰，而且，彎腰時也得發出「嘿咻」的吆喝聲。坐下時，中途就無法施力，只能「咚」的一屁股坐下……最嚴重的是，上樓梯時，如果不扶著扶手就痛苦不堪。我人生第一次感受到扶手的珍貴。

最讓我感到驚訝的是，無法彎腰穿襪子。但又不能不穿襪子，我不僅躺在床上穿襪子，甚至還躺在床上穿緊身褲或長褲等衣物。

經歷這次腰痛，我確實感受到「身為老人的辛苦」。過去，上下電車或公車時，只要老人家動作慢了一點，我就會很不耐煩。然而，腰痛之後，自己也只能慢吞吞地緩緩移動。後來，搭乘交通工具時，我的心情轉而變成「爺爺奶奶，請慢慢下車」，同時也瞭解到年輕又健康的人有多麼殘酷。

踏入中年之後，才深刻體會到年輕人的殘酷。當自己還沒有白頭髮時，看到年近四十的漂亮女演員出現在染髮劑的廣告時，我心想，「這個人還這麼漂亮，實在不用拍這種商品的廣告，染髮劑應該是老奶奶用的吧？」但是，白頭髮這東西是一旦接近四十歲，不管是誰，或多或少都會長出一點。

尿失禁專用護墊這玩意兒也是相同道理。尿失禁專用護墊是最近上市的商品，許多女性在步入中年後都有尿失禁的經驗。它想讓中年婦女安心：不是只有你會尿失禁喔！

現在大家都知道，鍛鍊骨盆底肌肉可以預防尿失禁。有一回我上某個尿失禁用品的網站，看到上頭寫著，在法國，產後的骨盆底肌肉照護非常普遍，每個巴黎人都會做。不愧是巴黎人，看待骨盤底肌肉的態度也這麼先進……

幸好我還沒有尿失禁的經驗，所以感覺跟那一類商品還沒什麼關聯，不過，那個網站上寫著，事實上，四十多歲的女性中，每三人就有一人有尿失禁的經驗。也就是說，如果聚集三個同世代的朋友，就有一個人有尿失禁的經驗。六個人中就有兩人，九個人中就有……（以此類推）。

出現在尿失禁用品廣告中的RIKACO小姐應該沒有尿失禁的經驗，但她的出現想必會讓很多女性覺得「說不定連這麼漂亮的RIKACO小姐也有尿失禁的問題」、「尿失禁應該是很理所當然的吧」。

就像這樣，步入中年，因為年紀增長造成的身體變化，會帶來很多不欲人知的煩惱。當同世代的朋友中，為相同症狀煩惱的人超過半數之後，雖然可以百無禁忌地聊著：

「討厭，我老花得好嚴重。」

「我也是，最討厭陰暗的店了。」

但是，若是想到「搞不好只有我這樣？」，就會因為覺得眼睛已經老花，實在是很丟臉，所以開不了口。

特別是現在，抗老知識非常發達，很多人不管到了幾歲都還是非常年輕漂亮。所以，自己必須更努力掩飾老化現象。

維持外表年輕的各種技術似乎不斷進步，但是，不管外表看起來多麼年輕，大部分人的身體內部還是會不斷老化。雖然皮膚還很漂亮，也不代表骨盆底肌肉就有經過鍛鍊，縱使外表看起來很年輕，但只要一開口說話，就會出現口臭，讓人覺得「這個人真的上了年紀了，內在的老化無法掩飾」，有時反而更引人注意。

前幾天，我在市面上看到《「假扮年輕的憂鬱」社會》（「若作りうつ」社会）這本新書，看到書名，我有一種「了然於胸」的感覺。與時光逆向而行、故作年輕的打扮，雖然可以讓人變得很有精神，卻會在無形中對內心造成壓力。

比方說，雖然外表和打扮都很年輕，但事實上卻為尿失禁煩惱。雖然染了就能蓋住，但事實上已經冒出許多白髮。我們現在已經不得不掩飾「自己已經步入中年」這件事。

或許有人會說：「不，我非～常清楚你已經是中年人了，不用拚命遮掩。」

但是現在，如果社會上所有中年女子都突然不再染髮，也不再遮掩斑點，整個日本應該會給人一種「衰老」的印象。

放眼未來，我們一定會面臨「難道我們就必須一輩子不斷遮掩下去嗎？」這個問題。

以前，我的母親曾經抱怨：「白頭髮只要染了一次，就得一輩子不斷染下去，真是麻煩。」

但是，將來應該會有一天可以不再染髮，直接秀出原本白髮蒼蒼的模樣。放眼社會，也有些女性沒有染髮，直接頂著一頭白髮。島田順子小姐長長的白髮，以及加藤田紀（加藤タキ）女士往後梳的光潔銀髮，都非常好看。

但是，看了那些有著亮眼白髮的女性，就知道她們全都是所謂的社會名流。在她們之中，有些人會善加打理白髮，也有些人原本就品味很好，就算只是隨意整理，看起來也非常時尚。而且，她們也有著象徵名流人生、曬得黝黑亮麗的肌膚，服裝打扮當然也毫不含糊，白髮又更加凸顯了那股上流感。

如果毫無美感又生活懶散的非名流人士將白髮置之不理，應該會顯得很失禮。穿著化學纖維的刷毛外套，配上運動褲的中年女子，若頂著稻草般的白頭髮，根本就是深山老妖。

特別是在必須把自己打扮得很年輕的現在，我覺得「可以完全不理會老化現象是名流的特權」。比方說，卡洛琳・甘迺迪（Caroline Bouvier Kennedy）這位美國駐日大使，她現在大約年過五十五，臉上有著比一般同齡女性更多的皺紋。看到網路照片，皺紋數量實在讓人心驚，在網路上搜索「卡洛琳・甘迺迪」時，搜尋空格中的第二個字甚至還會出現「皺紋」。

她身為美國代表性名流甘迺迪家族的一員，美國又擁有先進的美容技術，應該有很多方法可以處理臉上的皺紋。之所以可以這樣放著不管，應該是因為她很有自信。我想，她應該就是相信自己這樣就很幸福，自己的人生並不會被皺紋影響，才可以完全不理會那些皺紋。

二〇一四年春天，我去看了滾石合唱團（The Rolling Stones）在日本舉行的演唱會，舞台上的團員每個人都長了滿臉皺紋。除了一人，所有團員都已經七十多歲，長皺紋也是理所當然。但是，日本歌手中，卻有著「一看就知道是整過型的」中高年男歌手。

在紅白歌唱大賽等場合，繃著一張雖然完全沒有皺紋卻面無表情的臉唱歌的那位歌手，以及雖然長了滿臉皺紋，卻在東京巨蛋的廣大舞台上一邊唱歌一邊滿場跑來跑去的米克・傑格（Sir Michael Philip Jagger），兩者相比，後者顯然帥氣多了。

以滾石合唱團來說，他們內心堅定的自信就展現在對皺紋置之不理的行為上。他們非常滿意自己的音樂、風格，以及到目前的經歷，所以覺得「這樣就可以了」。他們也十分瞭解自己的皺紋是多麼有魅力。

說到社會名流，印象中，他們似乎和醫美往來非常頻繁。但時代或許漸漸改變，不管是皺紋還是白髮，會去處理這些細微老化現象的人，讓人感覺非常正面積極，彷彿「人生還有必須追求的東西」，相對可以就這麼放著不管的人，則散發出一股豐足飽滿的感覺。

只有條件好的人才可以不理會那些老化現象。不認為「自己這樣就夠了」的小市民，只能拚命染髮，或是將乳霜塗在皺紋上。

當然，能毫不隱藏地以真面目示人，該有多麼輕鬆。但是，一般中年人擔心的是，如果完全不理會這些老化現象，不僅會加速老化，也會讓人覺得自己「已經退出戰場」。

就拿性愛的戰場來說。可以不理會白髮的成熟女性雖然很有個性，但一想到那些人會做愛嗎？大家通常會很肯定地認為：「應該不會吧！」

我不是很清楚在成熟女性非常受歡迎的法國是什麼情況，但是在日本，我還沒聽說有人會因為女性的白髮而感到「性奮」。在由熟女主演的成人影片，就算熟女的皮膚已經有皺紋或變得鬆弛，她們還是會染髮。以各種意義來說，只有認為「我對自己已經十分滿意了，所以什麼事都不用做」的人，才會不再染白頭髮。

現在的日本中年女性並沒有那麼有自信。即使在性愛的戰場，因為覺得「似乎永遠都必須做愛……而且我們應該還有站上性愛戰場的機會……」，所以才會染髮，並且遮蓋皺紋。

以前，我母親曾說：

「○○小姐，好像連陰毛都染……真是嚇人。」

○○小姐當時六十幾歲。她在性愛的戰場上應該還是現役戰士，或者，極有可能即將站上戰場，所以才會染陰毛。

聽到這樣的事，我心中不禁浮現一個疑問：「所以只要加以掩飾就好了嗎？」上了年紀的人，很多地方的毛都會變白，這是自然現象，男性應該也可以理解。但是，就算可以理解，只要那些毛看起來是黑色的，就「沒問題」了嗎？

果然，只要加以掩飾就好。就算知道眼前的美女是因為整型才變得那麼漂亮，很多男性還是會認為「只要現在是個美女就好囉」。不管真正的模樣為何，當事人最重視的還是現在看起來的樣子。

正因為如此，就算沒有要「站上性愛的戰場」，我們這些普通中年人，也必須不斷努力掩飾自己的「中年感」。在工作的戰場上，相較於長滿皺紋斑點，皮膚潔白光滑的中年人，還是比較受人喜愛；對孩子來說，與其讓長滿皺紋斑點的母親來參加家長會，當然還是漂亮的媽媽比較好。

腰痛的我只要一移動，「好痛啊」或「嘿咻」就會不禁脫口而出。但這種感覺實在太像老太婆，所以，在別人面前，我還是會努力裝作若無其事。雖然覺得「這種痛苦絕不是年輕人可以瞭解的」，但是年輕人總有一天也會步入中年。之所以要一邊在心中對著老年人說：「凡事都有個先來後到，對吧！」一邊勉強裝出一點都不痛的樣子，就是因為我們還不想從任何戰場上走下來。

感情

我小時候是個內向的孩子。上課時被老師點到，回答的聲音就像蚊子叫，也很害怕在眾人面前說話。

說「在家一條龍，出外一條蟲」或許比較恰當。在同伴間，不管什麼無聊的話題，我都可以講得很自在，但是，一旦站到別人面前，我就會變得很彆扭。

內向的孩子沒辦法簡單就變成外向的大人。長大後，即是成了上班族，在會議上發言時，我背上還是會自動冒汗，而那些發言顯然也一點都不精采。在非得做簡報不可的前一天，我甚至會祈禱，希望隔天發生地震。

只要三個人以上的場合，我就會中途說不出話來，看到這種情形，好心的主管對我說：「酒井，如果發言這麼痛苦，你可以把想說的話寫下來交給我。」但是，在廣告公司這種行業，無法說話的員工就像不存在。我心想「像我這樣的人還領薪水，實在是問心有愧」，所以就辭職了。

就這樣，我展開了寫作生涯，這種「只要寫字，不用講話」的生活，真的非常幸福。就算一整天完全不跟任何人說話，我也不覺得特別痛苦。

我就繼續過著這種生活。然而，就從接近中年開始，「必須講話」的場合慢慢增加。比方說，基於道義，無論如何都必須出席某個場合，也必須在現場做個小型演講。在餐會上，我身為最年長者的機會也逐漸變多，所以經常有人要我講幾句話。

此外，步入中年之後，身邊也會慢慢有人去世。年輕時，我總是七上八下地在朋友的結婚喜宴上致詞，然而，中年之後，我則必須在喪禮上朗讀祭悼文，或是在追悼會上演講。

日子就這樣一天天過去，而我也發現一件事。那就是「我已經不會緊張了」。

就算演講時站在眾人面前，我也不會像年輕時那樣滿頭大汗，拿著麥克風的手，也不再發抖。我可以用一般的聲音和平常一樣講話，不只如此，我還可以看著會場中所有人的表情，為了讓大家容易聽懂，緩慢而清楚地說話。

因為還不習慣「在眾人面前講話時不會緊張」，說話同時，我還會一邊確認：「我現在應該不會緊張吧？」以客觀的角度來說，應該是不緊張的，我對絲毫不覺得緊張的自己，感到非常驚訝。

「為什麼我不再緊張了呢？」我試著思考，結果，只想到一個原因，那是我觀看某部電影時發生的事。那是一部日本片，電影播放完畢之後，有導演和製片的座談會。導演是男的，製片人則是位中年女性。

電影結束、座談會開始之後，我發現那位擔任製片的女性非常緊張。她的視線飄移不定，而且說話的速度非常快。不管是步上或走下舞台，都是用小跑步。

我完全沒有聽到座談會講了些什麼，唯一的印象是「中年女性雖然很緊張，但這一點好處都沒有」。

年輕女子在眾人面前緊張，人家會說她「不經世事」。比方說，如果在結婚喜宴上演講時結結巴巴，大家會覺得那模樣「好可愛」。

但是，因為太緊張而出現奇怪舉動的中年女子，就一點也不可愛，只會讓人覺得「都已經那麼大的人了，為什麼還那樣慌慌張張的呢？」看到那幅情景，我對自己說：

「既然已經步入中年，不管什麼時候，都必須穩重大方！」

日本是一個很重視天真與朝氣的民族。就因為知道這一點，所以年輕時，我們也會盡可能展現純真的一面。而且，拚命盡可能長時間展現出那種「純真」。

但是，看到雖然已步入中年，卻還是一派天真的模樣，也就是說，雖然已經步入中年，但尚未成熟的模樣，只會讓人覺得不像話。於是，我心想，自己也該下定決心了。

因為這件事，當我必須在眾人面前說話時，我都會跟越來越緊張的自己說：「不管什麼時候，都要穩重大方。」當我心裡想著，不管是動作或說話，都不能匆匆忙忙，要放慢步調，優雅地……很不可思議，不知不覺間我不再緊張。

當然，也可能是因為「習慣了」。不管口才多麼笨拙，只要多練習幾次，就會慢慢習慣。

此外，我想這也是因為步入中年後，自己變得世故了。年輕時會想很多，「萬一失敗怎麼辦」、「如果別人覺得我很笨怎麼辦」，把自己逼入死胡同。但是，長年接受世俗洗禮後，精神也得到磨練，我開始覺得「就算失敗也死不了」、「本來就很笨，沒辦法」。

也就是說，「臉皮變厚了」。年輕時，看到電車中急忙跑到空位上坐下的歐巴桑，我心裡會想「看了就討厭，不要臉的歐巴桑」。但是，當自己也步入中年，就會覺得「別人怎麼想都無所謂」，慢慢變得堅強，可以若無其事坐在空位上。

「因為我是歐巴桑啊！」

我總覺得只要這麼說，很多事都可以被原諒。

就算是因為隨著年齡增長，臉皮慢慢變厚，但是，可以在眾人面前正常說話，對我來說，還是一件非常開心的事。慢慢地，其他的欲望也出現，我甚至開始希望自己的演講受歡迎，當時的我，確實感受到年紀增長的影響。

年輕時，光是在有點高級的餐廳點菜都會緊張。但現在，已經知道該在什麼時機點菜，面對服務人員時也不再害怕。

不過，在眾人面前說話時，還是有一個習慣讓我備感苦惱，那就是「嚎啕大哭的習慣」。也就是說，演講時，我自己完全沒有想哭的感覺，不料後來卻因為太過感動而哭了出來，而且還是嚎啕大哭。

本來，只是覺得鼻頭發酸。像是畢業典禮、高中最後一次運動會、在最後一場比賽輸掉，或是看學弟妹比賽時，只要有令人感動的事，我都會哭泣。

不知為何，就連在朋友的慶生會上，要祝福壽星時，當我說出「小〇，祝你生日……」接著就會放聲大哭，連話都說不出話來。

身邊的人也開始納悶：「這個人為什麼哭了？」

就像之前提到的，步入中年，致詞悼念亡者的機會也增加了。這個時候，淚腺受到的刺激，遠遠不是慶生會所能相提並論。

但是「流淚演講」這件事，由年輕女孩來做，意義與中年女性完全不同。在結婚喜宴上致詞時，身為新娘朋友的年輕女孩會一邊哭，或者一邊擦眼淚，一邊說道：「〇〇，恭喜你。」感覺非常可愛。

因為太過悲傷而哭泣時，流經圓潤臉頰的那道淚痕非常美麗，讓人深感同情。

中年女性流淚演講的模樣就不是太美。因為肌膚沒有彈性，眼淚無法順暢流下，只會像走迷宮那樣彎彎曲曲爬過臉龐，臉上的淚痕斑駁不堪。不只是淚水，連鼻水也會一起流出，如果不一邊擤鼻涕，就無法說話，這幅模樣看起來完全就是歐巴桑。

而且，「一邊哭一邊說話的中年女性」不僅不可愛，也不可憐。

就算說出：「〇〇，你為什麼死得這麼早呢……（以下為嚎啕大哭）」也只會讓旁人指指點點。

有的時候，在懷念亡者的追悼會上，我會情不自禁在「流淚演講」後按著眼頭，結果，卻聽到比我年輕的男性一邊憋笑，一邊說道：

「淚腺應該已經完全退化了吧！」

這時我才發現，原來中年人哭泣時，並不會讓人覺得「這個人很悲傷」，而是「這個人的淚腺已經老化」。據說上了年紀之後，淚腺就會退化，而我的眼淚感覺也像是因為老化而流個不停。

聽到這些話，我深刻感受到「中年人最好不要在別人面前哭泣」。可以留下美麗眼淚的時代早就結束了，悲傷應該封存在自己心中。

這樣一來，中年人必須學習的事，就是「不要流露感情」。就算緊張，也不可以讓那種緊張的感覺直接表露出來；即使悲傷，也不能盡情釋放想哭的情緒。

有人說，上了年紀之後，人會變得世故，同時也會變得圓滑。就算年輕時個性尖銳的人，也會變得寬容，不再那麼容易生氣。

但事實上，不論男女，有許多人在步入中年後，都會變得易怒。無法原諒年輕人的些微失誤、在路上也會對沒禮貌的人發火，或者經常心生不耐，也有人比年輕時還要容易生氣。

因此，我們也必須控制憤怒這種情緒。中年人一旦瘋狂發怒，就會讓周圍的人產生一種「這個人上了年紀，所以變得沒有耐心」的印象。

這並不是要抹滅自己的感情。不管是緊張、悲傷，或是火冒三丈，都要藉著「在歲月中累積下的經驗」，完美地隱藏，或者轉化成別的東西。善加保存的技術，應該也是中年人需要的。

在社會上，大家對中年人的期待，不是「展現自己的情感」，而是「包容並且理解無法控制情緒的人」。如果有人因為太過緊張而出現奇怪的行為，就要跟他說：「不要緊張。」如果有人因為太過悲傷而哭泣，就去抱抱他，如果有人生氣暴怒，就要告訴他：「這樣做沒意義，算了吧！」這些都需要「不懼風雨」的精神。

步入中年之後還是會盡情發洩感情的人，應該是心態上還很年輕，依舊天真地以為「我這種奔放不羈的情感，應該有人會懂」。在「永保年輕」這個熱潮的影響下，連情緒管理的能力也永遠那麼生嫩。

我大概也有這種傾向，所以經常在反省。我差不多也該從發洩情感這種角色，慢慢轉變為理解、接受的那一方。希望以後不再只是自己哭完後，情感得到宣洩，而是可以讓想哭泣的人好好大哭一場。

寵愛

小保方晴子小姐事件讓當時的日本綜藝節目變得熱鬧非凡。「念理科的可愛女孩」這種珍奇生物涉嫌捏造論文，在社會上引起廣泛討論。

針對小保方小姐，男女對她抱持的感覺有著明顯差異。雖然她非常受到男性歡迎，但女性對她的評價卻不是太好。感覺有點像是繼谷亮子之後，相隔許久，終於又出現一個「被女人討厭」的明星。就算當不了學者，應該也可以去競選參議員吧！

話雖如此，似乎也不是所有男性都喜歡小保方小姐。看著這些男性，我發現是否覺得小保方小姐很可憐，似乎成了檢測他們是否是歐吉桑的石蕊試紙。

也就是說，相較於年輕男子所抱持的「捏造？太不可思議了」這種冷淡的態度，中年以上的人會說：

「把責任全推給一個人，這個年輕孩子實在太可憐了。」

聽到這種說法，女性應該會覺得很憤怒。帶著顯然是經過化妝師打點的髮型和妝容參加記者會時，女性雖然會覺得很無法理解，但對大叔而言，不管她的頭髮是否上過捲子，也不管她是否為了讓自己看起來顯得消瘦，而在臉頰塗了腮紅，這些全都無所謂。

當然，我對她的捲髮也感到非常憤怒。但是當時，我發現一件事，「這種情緒，該不會是忌妒吧？」

說得誇張一點，我過去也是小保方晴子。但是，在步入中年後的現在，我已經失去小保方晴子式的利益，亦即「因為是年輕女子，就可以無條件受到大叔疼愛，讓他們覺得自己很可憐」這樣的利益。

當然，小保方小姐本來就很有才華，應該也很努力。但是，在女性人數屈指可數的理科世界，容貌不差的年輕女性，應該可以盡情享受身為年輕女子的好處。

而且，在捏造事件發生前，她在記者會上說：「研究遇到困難時，一定會有人幫助我。」而這個「幫助我的人」，應該就是看到努力的年輕女性，就會忍不住伸出援手的大叔。這種「大叔忍不住要寵愛職場上年輕可愛的女性」的小保方現象，比STAP細胞（刺激觸發性多能性獲得細胞）的存在更加明確，而且非常普遍。

對中年女性來說，自己年輕時，應該或多或少也受到這種小保方現象的眷顧。就連像我這樣的人，在剛進公司時，不管犯了什麼樣的錯，也不管多麼派不上用場，都不會被罵，甚至還有主管請我吃壽司。

其中，或許有年輕女孩子會誤以為「○○先生這麼寵愛我，應該是因為我的工作能力很好吧」。但是，大叔的寵愛行為和女孩的能力無關。就像愛貓人士看到溺水的貓，一定會伸手援救一樣，對中年男性來說，「只要眼前有年輕女孩，就是要先寵愛一番」，是一種本能性的行為。

托小保方現象之福，我開心度過了上班族生活，但是受寵愛時，我還是隱約感受到從某處飄來一道冷冷的眼神。看到只因為是「年輕女孩」，便被帶去吃壽司或河豚，不怎麼好的企畫也受到讚美，當時其他的女性員工心裡肯定很不是滋味。

中年女性員工釋放的尖銳眼神，正是我現在看待小保方小姐的眼神。我們這些人看到小保方小姐雖然會說：

「利用自己身為年輕女人這一點，實在令人討厭。」

「連這種事也沒注意到，男人也太笨了吧？」

卻忘了自己也曾受到許多小保方現象的恩惠，只一味為自己說話：「我年輕時受到的高評價是很正確的，小保方小姐受到的，單單只是對年輕女性的偏愛。」而且，自己之所以會生氣，就是因為「自以為是既得利益的東西遭到剝奪，而心生悔恨」，但卻佯裝不知。

女性可以享受小保方現象的恩惠到幾歲呢？中年女性認為：

「啊，不是因為工作或其他原因，單純就只是男人請吃飯這樣的事，已經明顯變少了。」

「年輕時，還會很天真地讓人家請客，完全沒想到要回禮。」

即使步入中年，小保方現象也不見得會完全消失。只是，對方可能會變成六十或七十歲的人。有位中年家庭主婦說：

「我上班時的主管很喜歡我，偶爾會請我吃飯……可是他都已經六十幾歲，也從公司退休。可能是很留戀過去的光環吧，聊天時講的都是上班時的豐功偉業，同樣的事講了好幾遍。不管他請我吃幾次飯，感覺就像半個義務聽眾一樣，真痛苦。」

還有位中年ＯＬ說：

「有一位主管很喜歡我，他已經當上董事。雖然會帶我去高級餐廳，但兩個人一起吃飯時，看起來就像在他身邊陪伴多年的情婦，完全沒有心動的感覺。」

不管到了幾歲，在男性心中，似乎都還是會出現類似小保方現象的感覺，其中，有著「保護比自己年輕許多的女性、受她們依賴、被她們尊敬」這樣的欲望。但是，初老男人和中年女人這樣的組合，一點都不耀眼奪目，中年女性多半只是抱著「感謝您多年來的照顧」這種心情，陪他們吃飯。

那麼，中年女性難道不會有「寵愛年輕男性」的欲望嗎？也就是說，會不會有逆小保方現象呢？

……仔細一想，當然有。有許多中年女性就瘋狂迷上傑尼斯和年輕的韓流男偶像，那種行為也是逆小保方現象的其中一種形式。

不管男女，人對比自己年輕二十歲左右的人，都會無條件地覺得他們「很可愛」。如果對方只比自己年輕一點，有可能只會看到他們的缺點，或是把他們當成敵人，但是，如果年紀比自己小了二十歲，不管對方對自己做了什麼，都只會覺得他是「可愛的小子」。

因為二十歲這樣的年齡差距，要稱之為親子，也是說得過去。一想到兩人的關係是親子，不管什麼事，都可以睜一隻眼閉一隻眼。

但是，說到男女對小保方現象在態度上的差異，果然還是年長男子寵愛年輕女子感覺比較自然，如果是年長女性寵愛年輕男子，就會被視為「歐巴桑欲求不滿」，所以，中年女性會一味愛上現實中不可能交往的偶像。如果交往的對象是一般年輕男子，只要展現出女人的性感，背地裡就會有人說「明明都已經是歐巴桑了，真噁心！」但是，如果對方是偶像的話，就可以不斷發出尖叫。

我和年輕男性一起工作時，也會特別留意。也就是說，「我會很小心地不讓別人以為，我是要撲到年輕男子身上（或者說是吃掉他們）的中年女性」。

前幾天，我有一個機會和二十多歲的男性對談。如果是比我年長的男性，過去我見過許多，不過，和二十多歲的男性說話的機會就非常少了。

他的年紀和我差了十八歲，如果我努力一點生小孩，應該也像他這麼大了。身為一名沒有兒子、沒有弟弟，也沒有公司下屬的中年女性，我實在不知道「該怎麼和這樣的年輕人相處」。

首先要注意的應該是服裝吧。如果對方是疼愛自己的大叔，應該可以穿小保方風格的裙子，但是，當對方的年紀比自己小，就不能穿裙子了。我想應該穿上素雅的褲子，表明「自己並沒有要撲上去，請不要擔心」。

此外，和比自己年長的人對談時，通常都是由對方掌控談話的主導權，我就像抱著人船般，但是，如果雙方的年齡差距和母子差不多，而我是那個母親，那我就得堅強一點……這比和年紀大於自己的人對談，還要疲憊許多。

偶爾也會看到中年女性搭配年輕男性的組合，雖然周圍的人嘴上都說「很羨慕」，但其實內心裡卻是覺得「慘不忍睹，到底要持續到什麼時候呢？」如果是中年男子搭配年輕女子，或許可以「靠著經濟能力和權力就搞定一切」，但如果把年輕男子放在擁有經濟能力和權力的中年女性身邊，年輕男子通常很快就會消失無蹤（內海桂子老師除外）。

所以，即使我們覺得比自己年輕的男子很可愛，還是得要小心一點。就算自己深信「我雖然是中年，但還是很有魅力喔，和那孩子在一起，看起來還是像情侶一樣」，在旁人看來，只會覺得是母子一起用餐。

不過，我同時也覺得「怎麼樣都無所謂吧」。現今，女人不斷發揮自己的能力，教育機會平等，工作機會也很多，而且，如果年輕女性想要盡情享受並利用小保方現象的恩惠謀生，這對無法受到大叔庇護的年輕男性實在太不利。

以前，年輕女性就算在職場上蒙受小保方現象的恩惠，也不見得會有出人頭地的機會，而且馬上就會從公司離職。但是現在，女性甚至有可能成為男性的敵手，再加上小保方現象，年輕男性根本沒有立足之地。

若真如此，中年女性就算被說是「裝模作樣」或是「欲求不滿」，也不應該對逆小保方現象，亦即寵愛年輕男子這件事有所猶豫。如果有可靠的中年女性當靠山，出現一點點小失誤對方也視而不見，而且還被派去做些引人注目的工作，不管是年輕男性或女性，都是站在相同戰場。

這樣的話，以後中年女性需要的就是當贊助人（patron）的能力。把自己宛如小保方小姐那個時代的記憶，當作過去的事，貼上封條，不要讓別人說「既得利益被年輕女子奪走了」。然後，把想將年輕男子強行帶走、不停注視他們的欲望擺在一邊。首先，請他們吃飯。只要想成「對方是運動選手，自己是贊助人」，不僅對方的吃相看起來很有希望，將來他的排名再往上升，也就是出人頭地的模樣，也相當讓人期待。

請他們吃完飯後，不要再湊近身子說：「我們續攤吧！」而是很乾脆地解散。這樣應該就是一個值得信賴又個性爽快的女性贊助人。

小倉千加子小姐過去曾寫過「所謂結婚，就是金錢和外貌的交換」。結婚是男方的金錢和女方外貌的交換……我恍然大悟。離開婚姻關係到外頭的社會，「年輕」和「金錢」，以及「年輕」和「權力」，不斷交換。這不只是職場上的小保方現象，中年男性為了撫摸年輕的肌膚，會前往色情場所，而中年女性也會為了用眼睛侵犯年輕男子，參加偶像的演唱會。

啊~年輕真的有這麼珍貴嗎……現在我終於感受到了。年輕時，雖然會隱約感覺自己是因為年輕，才能占到便宜，但並不會覺得那種「便宜」很快就再也拿不到了。

疾病

年過四十五之後，我每年都會和朋友一起去做健康檢查。

「我們差不多該檢查了吧？」

為了怕忘記，我們每年都會在她生日的那個月分一起去檢查。

透過健康檢查，定點觀測自己的身體，我們知道「身體內部確實已經老化」。

關於身體內部的老化，我們從二十五歲開始慢慢發現後，深受打擊，而後，才逐漸接受。

第一個斑點、第一根白髮、第一次罹患牙周病……等等，不斷接受打擊，也想辦法加以克服，發現「無法克服」後，慢慢習慣和老化現象共處。現在，我很懷念因為「第一個斑點」而深受打擊的時代，我想「那時應該還很年輕」。

四十歲左右，雖說已經習慣外在的老化，但對內部的老化並不是那麼擔心。但是，過了四十五歲，雖然無法接受，還是不得不面對「老化不只是外在而已」。

首先注意到的是，「很多地方都會開始疼痛」。我現在和幾個小學同學一起，一個月做一次皮拉提斯，但是碰面時所有人都很健康的次數並不多。包括我在內，很多人都有腰痛的毛病，有的人罹患四十肩（五十肩），也有人表示股關節不舒服。不只如此，經常有人身體不適，例如失眠、偏頭痛，或是長針眼。

「好痛啊……」

就是因為我們已經認識、來往了四十年，才能一邊發出老人特有的哀號，一邊一起運動，我發現「朋友真的非常珍貴」。

健康檢查時，在記錄檢查結果的表格上，紅字的部分每年不斷增加。對中年人而言，健康檢查的結果，就像是國、高中生眼中的考試成績一樣。那些紅字會讓人想起考試不及格時，受到驚嚇的時代。

順帶一提，我的膽固醇和腎功能指數不是太理想。

醫生叮囑我：

「請盡量少吃油膩或太鹹的食物。」

這時，我內心感到些許驚訝：「那不是上了年紀的大叔該注意的事嗎……」

這次的健康檢查，在很多地方發現息肉、囊腫，或是類似腫塊的東西。雖然醫生說不需要特別治療，但這應該表示「內臟的肌肉已經老化」吧。感覺就像老爺爺手上有了老人才有的疙瘩，我的身體內部已經開始長出這種東西了。

看著這類健康檢查的結果，我不得不覺得「自己的人生已經走了好長的一段路」。年輕時做健康檢查，只會在意身高和體重，根本不可能出現「紅字」。

現在，肉體的成績每年都在急速下降。肉體這「東西」，一旦持續使用將近五十年，就會出現狀況，那種感覺就和長出斑點時一樣，讓人覺得「該不會我也……」

之所以會因為身體內部的老化而受到驚嚇，乃是因為在現今的時代，我們可以預防或掩飾身體外部的老化，結果，看起來比以前的中年人還要年少許多，在心態上也比較年輕。

但是，不管是預防或掩飾，都無法滲透到身體內部。即使以雷射去除臉上的斑點或痣，內臟還是會繼續長出疙瘩……把外表弄得很年輕，也保持年少心情的中年人，看到充滿紅字的健康檢查結果時，年少的心情被澆了一盆冷水，終於知道自己無法阻止時光流逝。

收到健康檢查的結果後，我覺得「丈夫的年紀比自己小很多的人，在這個時候真的很可憐」。如果我的丈夫比我年輕許多，我應該沒辦法很自然地告訴他健康檢查的結果。因為是和比自己年長的女性結婚的溫柔男子，應該會安靜地聽我說話，但我不認為當他聽到我說「我以前是低血壓，早上還爬不起來，現在幾乎已經變成高血壓了」，或者，「我終於長出子宮肌瘤」時，會同情或者理解我的心情。年紀越大，可以一起討論健康話題的同世代配偶就越顯得彌足珍貴。

就算是女性友人也一樣。我之所以要和朋友一起接受健康檢查，就是因為一起分享檢查後的感想時，感覺非常開心。檢查結束後，會在醫院的餐廳吃早餐，我們會一邊吃著松花堂便當，一邊聊著自己的肉體。

「乳房攝影好痛喔。」

「我倒不覺得有這麼痛……聽說做乳房攝影會痛的人，胸部還很有彈性，莫非我的已經下垂了？」

就因為是同世代的同性朋友，才能這樣交談。

步入中年之後我才瞭解，「談論身體上的不舒適是開心的」。唱KTV和聊身體的話題，我堅持只和同齡友人一起。和同世代的人談論「疼痛」和「癢」的話題時，若對方可以理解，自己便會很開心。同一個年代的人不只會有同感，有時也會提供有用的治療資訊。對著沒有喝過鋇劑的年輕人傾訴照胃鏡的痛苦，對方也無法理解。

就算對方說「真是辛苦你了」，那種感覺，就像中年人在ＫＴＶ唱崛智榮美（堀ちえみ）的出道歌曲時，年輕人很敷衍地為我們拍手一樣。

如果同是中年人，就可以針對照胃鏡這個話題聊上三十分鐘。

「沒錯，雖然用了類似麻醉的東西，感覺比較輕鬆，但通過喉嚨時，還是很痛苦……」

「聽說從鼻子穿進去比較舒服？」

「可是，還是從嘴巴進去比較常見。」

肉體的話題，對強化中年人之間的情感非常有用。每一天都感受到老化的中年人，還是會想展現自己的元氣，表示自己還沒有衰老。不只是身體狀況，不服輸的中年人也會意氣用事地認為「自己還很受歡迎」，或是「即使做年輕人風格的打扮也沒問題」。

但是，堅決主張自己「沒有輸」的中年人，有時會變得很難相處，因為別人必須時常讚美他們。

「嗯，完全看不出已經這個年齡了！」

或者「還沒老花眼，真是太厲害了！」

最近我發現，中年女性也經常炫耀她們很會吃。

當中年女性說：「三百公克的牛排，我很輕鬆就可以解決掉，就連餐後的甜點也是。」這個時候，聽眾必須從各種角度，竭盡所能地加以讚美：

「吃這麼多卻完全不會發胖，太厲害了。」

「你一定會很長壽。」

「我很容易就會消化不良，所以已經不能吃牛肉了。你的內臟真的好健康啊！」

但是，當這種過於「展現自己健康」的逞強中年人，不小心說出「其實，膝蓋好痛」時，會突然讓人覺得非常親切。

「因為得意忘形，跑步跑太多而膝蓋痛。中年人果然還是不能勉強。」

如果對方誠實吐露心聲，就會讓人對她的好感倍增。

「好像有比氨基葡萄糖和硫酸軟骨素更有效的健康食品，而且我還知道效果很好的按摩喔！」

若能提供這類資訊，便可大幅縮短兩人間的距離。

這也就是所謂的「坦誠相待」。就像小狗會把肚子給對方看一樣，透過展現自己的弱點，讓對方知道「我不是你的敵人」，這是中年人特有的溝通方式。

有句話說，同病相憐，人很容易就會和擁有同樣弱點的人變得更加親近。中年人一起抱怨身體衰老的那段時間，就好像參加心理治療一樣。當談話結束後，心情會感到莫名輕鬆。

當學生時代因為太過漂亮而難以接近的朋友，對我說出「其實我有痔瘡」這件令人震驚的事情時，我開始非常喜歡她；而不斷說服我「黏膜已經老化，所以不能用肥皂洗下體」的，則是年輕時就充分使用黏膜的前人氣女王。聽到這些話，我心想：「年輕時，擁有與缺乏豐富肉體資源者的差距完全無法縮短。然而，一旦步入中年，不只外表，所有部位都會衰老，大家會一起一步步地從同一個舞台上走下來。」

中年女性因為有了肉體的衰老這個共同話題，可以一起克服某種恐懼感。她們要克服的東西，就是「對死亡的恐懼」。

步入中年，同世代的朋友有人罹患重病，其中，也有人不幸過世。我們知道自己也有可能罹患這種疾病，然後，也想到自己可能會死亡。

年輕時，死亡「和自己一點關係都沒有」。雖然知道每個人將來都會死，但是，總覺得很久後才會輪到自己。就算經歷過祖父母的死亡，出席喪禮時，感覺依舊像在參加一場活動。

但是，一旦步入人生的下半場，就會發現自己已經逐漸接近死亡，彷彿一伸手便可觸摸到，「我也會死」這種感覺突然湧現。

我之所以會去做健康檢查，就是「為了盡可能延後死亡的時間」。為了發現嚴重的疾病或不良生活習慣，將攝影機從嘴巴伸進去，或是抽出血液，非常痛苦。

中年才會開始出現對死亡的抗拒。我們現在還在很難纏的對手前猶豫。因此，才會和同世代的人手牽手，一起說著：

「你知道嗎，好痛苦呢！」

「你有認識什麼好醫生嗎？」

「你徵詢第二意見了嗎？」

對這種中年女性來說，健康是最熱門的話題，而且也是強化友情的方法，因為，可以得到實用的資訊。

但是，年長者會說：

「和老人說話時，會一直聊疾病的話題，很破壞心情，和年輕人講話比較開心。」或是，「和年長的朋友見面時，只要不阻止他，就會一直說這裡痛、那裡痛的，所以，『禁止聊跟疾病有關的事』。」

健康的話題果然有讓人「厭倦」的時候。我們雖然還興致勃勃地聊著肉體各個部位的不適，但是，如果能活到女性的平均壽命，那就有四十年都得聊著相同話題。隨著年齡的增長，不舒服的地方也會跟著增加，每個人都有豐富的話題，所以也開始會出現這樣的想法：「差不多了吧，沒有其他話題了嗎？」

我發現，身體上的不舒服，可以透過向他人傾訴而輕鬆一些。如果將疼痛和痛苦告訴別人，然後，聽到對方說：

「好可憐啊！」
「真是辛苦啊！」
「很痛苦對吧！」
身心都會得到安慰，就像年輕時跟朋友訴說自己的失戀之苦，若聽到對方說「這種男人，還是分手算了！」、「找下一個吧！」，心情就會比較好過一樣。
因此，在往後四十年，為了讓朋友或家人可以不厭其煩地聽自己談論疾病的話題，說話時需要一些技巧，也就是「不要炫耀」，也「不要裝出一副很可憐的樣子」。
一聊到疾病的話題，不知為何，有些人就會開始炫耀。
「我認識○大醫院的ＸＸ醫生，所以可以早一點幫我動手術……」
或是「他們都說我的恢復力非常驚人。」
但是，若要一一回應「好厲害啊」又實在令人疲倦，我認為，疾病的話題不應該帶著「想被稱讚」的心情談論，而是要以「坦誠相待」的感覺來聊。
但是，如果「過度坦誠」，別人卻也會退避三舍。

「我這麼痛苦，家人還罵我……」

他那急切的眼神彷彿在訴說著：「請多多可憐我～而且要和我一起說家人的壞話。」這樣只會讓我想要馬上離開現場。

談論疾病的話題時，並不需要清楚區分說者和聽眾的角色。如果只是一味傾聽，不論誰都會疲倦，應該要互相詢問、討論，維持GIVE&TAKE的關係。

在整型外科的候診室，經常可以看到老人家在等待期間，開心聊著有關疾病的話題。「我好喜歡到各家醫院去看診喔！」

開朗地和「候友」（候診室之友）聊天的老年人，似乎可以掌握疾病話題的真義，我也好想變得跟他們一樣。

植物

三十出頭時，我開始喜歡上京都，經常前往。當時我心想：

「就算變成老奶奶，我一定也會和其他老奶奶相約一起到京都。」

京都是一個成熟後才能慢慢感受到魅力的都市，因此，我覺得國中或高中生到京都校外教學，實在是一種「浪費」。明明就沒什麼興趣，幹麻還帶他們去金閣寺或清水寺，只要給孩子「曾經和大家一起旅行」的回憶就可以了。一旦有參加校外教學的學生，平常便很擁擠的名剎就會陷入極度混亂，甚至讓人開始擔心起清水舞台的耐震度。

中年，是最適合到京都旅行的年紀。一般來說，隨著年紀增長，人們對傳統或文化就會越感興趣。和年輕人不同，因為中年人有經濟能力，可以享受購物和飲食活動的樂趣。而且，中年人也和年長者不同，他們還有體力，可以爬上神社的陡急石階，也能在非常需要體力的寺廟碎石路上步行。可說是最適合京都的年紀。

但是，如果是幾個歐巴桑一起到京都，那就糟了。中年女性這種生物，雖然分開時每個人都是無害的，然而一旦聚集，就會瞬間讓人備感困擾。因為大家都很愛說話，聲音會越來越大。也因為都是團體行動，在這個團體上頭，會飄著一道雲朵般的黯淡中年光環。

在新幹線上，當四名中年女性將座位轉為面對面入座後，我就會覺得「糟了……」。她們會以宏亮嗓門不停說話，吃過便當後，馬上又繼續說：

「要不要吃馬卡龍？昨天人家送的。」

「哇，是Pierre Hermé的。好開心，謝謝。我有蜂蜜蛋糕喔。」

「福砂屋，我最喜歡了。」

「可是，會發胖呢。」

如果自己的座位離她們很近，便無法安穩入眠。

正因為如此，我心想「自己絕對不要變成那樣」。當然，不只是京都，不管是去泡溫泉，或是到國外旅遊，「我絕對不要參加只有中年女性的旅行團，就算和別人一起旅行，成員最多以兩名為限！」

但是前幾天，我破戒了。我組成了自己最忌諱的「中年女子的京都四人行」。

這件事情的開端是，我一直想去京都的某家中式餐館。因為是中國料理，最好要有一定的人數。但是，如果是一般人一定會問：「為什麼要特別跑到京都吃中國料理？」若要挑選喜歡中國料理，又擁有泡沫世代特質，可以理解我為什麼要「特別去吃」的人，人選就有所限制。我向長年參加的中國料理教室（對，我非常喜歡中國料理）中的一群好朋友提出邀請。

我和她們屬於同一個世代，也就是說，都是中年女性，當然，也都喜歡中國料理。

「好啊，一起去！」

於是，事情就這麼說定了。我一邊在心裡為自己辯解：雖然已經發誓絕對不和中年人組團旅行……但這不是旅行，只是去吃東西，同時，一邊擬訂計畫。

如果所有成員都是家庭主婦，可能就會全程一起行動，但是，因為這群朋友雖然結了婚，但也是上班族，出差經驗非常豐富。於是，大家各自訂了新幹線車票，約在京都車站集合。

這一點，對經驗豐富的中年上班族女性來說，實在太容易了。她們完全不依賴他人，能力範圍之內的事，都會盡量自己來。

「每個人都先拿出三千日圓作為公基金吧，計程車費什麼的就用這筆錢支付。」

就算在當地行動，也非常俐落幹練。

在京都車站集合，吃過午餐後，我們便到京都御苑悠閒散步。當時正好是新綠時節，不冷不熱，非常舒適。

散步時一定要走在樹蔭下，這是中年旅行團的特徵。

「五月的紫外線不可輕忽！」

大家紛紛各自從包包中拿出陽傘、太陽眼鏡或絲巾，穿戴在身上。

感覺就像伊斯蘭教團體一般，但大家並不介意。不只如此，走路時還會選擇最適當的樹蔭。

針對紫外線做好萬全準備之後再散步，當時我心想：「如果是年輕人，這麼做一定無法盡情享受。」因為京都御所必須事先預約才能參觀，我們只在御苑的開放空間散步，沒有什麼特別的觀光行程。這裡沒有販售紀念品，也沒有漂亮的咖啡店。如果是年輕人應該會覺得「很無聊」吧！

但是，我們這群中年女性卻看得相當入迷。

「你們看，那銀杏的樹枝，長得好美。」

「柳樹的嫩芽，長得好稚嫩、可愛。」

說著，便跑上前去欣賞那些植物。

其中，還有人不斷撫摸松樹的樹幹，因為松樹而非常興奮：「這豐富的松脂，好有生命力啊！」

年輕時，我完全不瞭解，為什麼中老年人看到草木會這麼開心。不管是青草還是樹木，「都只是身邊常見的無聊東西」。我也不懂父母「為了看高山植物」或是「因為杜鵑花很漂亮」而去旅行，究竟意義何在。我一心覺得，閃閃發亮、光彩奪目的人工物品，還比較有魅力一點。

但是，步入中年後，我也慢慢變得喜歡親近綠意。從當時居住的大樓房間窗戶望出去，幾乎不見任何綠意，那景色感覺非常沉悶，我心想「將來一定要住在可以看到綠色植物的地方」，並在家中擺了一些觀葉植物。

這或許是因為自己心中的生命力已經慢慢減少。在冬天枯萎之後，春季時又會冒出新芽、能開花結果的植物，有著無窮的生命力。因為年輕時自己心中那口鼓脹的生命力之袋，會慢慢消氣，我才會開始渴望花草的能量。等年紀再更大一點，說不定還會去務農。

然而同時，我也被春天這個季節的強勁力量打敗。年輕時，會帶著「因為天氣變暖而感到愉悅」的心情，盡情享受春天，但步入中年之後，只會覺得「春天的能量實在太強」。

冬天時完全不見動靜的草木一起冒出新芽的春季，力量非比尋常。草木綻放欣欣向榮的味道、濕氣與活力，每天不斷成長。因為氣壓變化很大，強風每日吹襲，貓咪因為發情期而發出誘惑的叫聲……因此，春天的空氣，充滿嘈雜的氣息。寒冷固然令人難受，但冬天感覺似乎比較安定。在生命力逐漸變弱的中年，春天有時太強勁了點。

樹木新綠時，我總會覺得身體有些不舒服，但這應該是因為被春季的發芽力量這種強烈的季節變化攻擊而造成的。我非常瞭解日本人在春天展開新學年的感覺，但是，正值中年的現在，如果要在春季展開任何新事物，應該會因為刺激太強而流鼻血吧！

因此，散步時，我們會在不對身體造成傷害的前提下，不斷吸收綠色植物的力量。

其中一位朋友說：「難得來到京都，總是想賞個什麼花。」

沒錯，「花」。它和「綠色植物」一樣受中年人喜愛。以前，我完全不懂在美麗花朵綻放的季節，遊逛神社佛寺這種嗜好有什麼樂趣，但現在已經可以理解。

年輕時，櫻花開了，就會去賞櫻。但是，那通常是先有了「想和大家聚在一起」，或是「想要約會」這種心情，賞花只是達到這個目的的一個手段，完全沒想過要在櫻花中看到日本人的精神。

但是現在，我們不就正在京都，一邊看著類似《京都．花的花期地圖》的資料，一邊交換意見嗎？

「松尾大社的棣棠花好像很有名。」

「好像有個地方的皋月杜鵑已經開了。」

年輕時，我對大人，特別是女性，對花草名稱瞭若指掌這件事，感到非常不可思議。

只要我一說：「這花好漂亮啊。」

「這是小手毬，也有大手毬喔！」會這樣回答我的人，一定是中年以上的女性。她們似乎年紀越大，就越熟悉花的名稱。

中年以上的女性會變得越來越喜歡花朵，應該也是因為自己的「花」已經消失了吧。年輕時，自己就是那些花，但是，步入中年後，那些花瓣已經徹底枯萎、散落。其中，雖然也有美麗的中年人堅決主張「我現在依舊是盛開的花朵」，但是，仔細一看，從她身上散發出一種人造花的味道。

當自己心中的花開始凋零，就算之前無法欣賞花朵之美，為了填補心中的不足，也會開始親近真正的花朵。或許是因為自己已經開始枯萎，開始變得可以承認花朵這個外人的美麗。開始需要花朵的我們前往的是龍安寺。這座寺廟雖然以石庭聞名，但聽說池中的睡蓮正值盛開之際。

龍安寺非常擁擠。最近，不斷增加的外國觀光客和校外教學的學生經常成群擠在石庭前，那頭傳來音量極大的廣東話，這頭則是國中生說話的聲音……完全無法帶著平靜的心情，一邊眺望石庭，一邊盡情思考人生。

「如果可以禁止十幾歲的人到京都就好了。」

「不，我覺得二十多歲的人也要禁止。」

我們不開心地聊著。

相異於擁擠異常的石庭，我們終於可以安靜欣賞池中的睡蓮。廣闊的水池中綻放許多睡蓮的模樣，宛如極樂淨土。

「死了之後，應該就是這種感覺吧。」

「我們四個人裡面，誰會最早死呢？」

「我不要當最後一個，太孤單了。」

之所以會開始談論起死亡的話題，應該也是因為這個年紀已經慢慢接近「死亡」。

所謂中年，在各種不同層面，都有很大的個人差異。就算是一起旅行，有人可以吃很多，但有人食量很小，有人稍微走一點路就累了，但有人不管走到哪裡都泰然自若。

不過，「我們已經不在人生的盛夏」這個共識，讓我們在一起旅行時，非常輕鬆。如果旅行的同伴是年輕人，應該不會看到睡蓮，就聊起死亡的話題，而且，就算開口說：「想看花。」最後也會變成：「唉唷，好無聊喔。那邊好像開了漂亮的咖啡店，我們過去看看吧！」

以結果來說，很意外地，我非常享受中年旅行團的京都之旅。雖然在旁人看來，應該會覺得這就是典型的歐巴桑好友旅行團，但若轉念一想，的確，「怎麼看都是歐巴桑」，這樣的話，不管別人怎麼看都無所謂了。

我們這些人基本上都很喜歡吃，除了主要目的的中國料理，日本料理、西式料理、甜點……兩天一夜，我們品嘗了各式各樣的風味。第二天，我們買了山椒小魚、豆腐、油豆腐、九条蔥、麵包、茶和甜點等食物，就好像是來採購的一樣。

「這種甜點，一盒有好多個，買一盒大家分好嗎？」

不知不覺間，毫不猶豫地出現這種歐巴桑式的行為。

但是，這種「不用裝模作樣的自在」，應該是中年人一起旅行最開心的部分吧！我們已經不像年輕時那樣，會在旅行時受到當地人的特別對待，被他們問道：「啊，是學生嗎？從哪裡來的？」但是，中年人可以不在意他人眼光，輕鬆地走在自己的路上……

以前，我在晚秋來到京都時，曾經去過內行人才知道的賞楓景點。當時，我的腳邊積滿成堆的紅色和黃色樹葉，一陣風吹來，樹葉滿天飛舞，那幅豪華的美麗光景就好像「秋日的天堂」。

帶著歐巴桑團回到那裡，每個人都帶著少女般的天真笑顏，追逐隨風飛舞的楓葉。那身影就宛如在天堂。

看到這幅光景，我幾乎快流下淚。這些人只是一般家庭主婦，出遊的機會並不是這麼多。她們應該是從好幾個月前，就期待著和朋友一起到京都，而且也備好了旅行時家人要吃的食物，然後，終於可以出門旅行。她們可以在旅行地看到這麼美的景色，真是太棒了。我希望她們可以在這裡盡情洗滌人生……

雖然我以前認為，應該拒絕中年團體旅行，但這是尚未步入中年者的傲慢心態。和中年夥伴一起欣賞美麗的東西、品嘗美味的食物，絕對可以撫慰總是處於忙碌狀態的中年人。

我想，「下次或許還會和大家一起來……」

回歸與回顧

年輕時，中年的生態對我來說充滿謎團。為什麼中年人會喜歡歌舞伎這種連台詞的意思都不懂的戲曲？為什麼人一旦步入中年，就會開始讀《源氏物語》或《枕草子》這些古典文學？而且，為什麼中年人會喜歡懷念老歌……？

年輕時的我未曾接觸歌舞伎、古典文學或是懷念老歌這些中年文化。這麼沉悶的東西到底哪裡有趣？我想，就算步入中年，我會接觸的肯定是細緻的音樂或藝術，絕對不會是那些東西。

多年之後，看看已步入中年的我，我發現自己愛上每一件年輕時以為「絕對不可能感興趣」的東西。不管是歌舞伎，還是平安時代的女性文學，都在我步入三十歲時，因為意外的機緣而有所接觸。隨著年齡的增長，我開始可以理解箇中趣味。而且，在KTV裡唱的歌，也全是自己年輕時流行的懷念老歌……

我突然發現，自己好像變成了年輕時「自己絕對不想要」的中年模樣。而且我也發現，

「人上了年紀之後，除了外表，『興趣』也會老化」。

青春時代的我認為，不論誰都會喜歡西洋風格的東西。在《Best Hit USA》這類節目大受歡迎的西洋音樂熱潮中，說到玩樂，就會想到迪斯可。衣服要進口的比較時尚，食物的話則是義大利料理或法國菜，書也要看翻譯的比較酷……

雖然當時如此崇洋，但是，隨著年紀增長，很不可思議地，我的興趣自然地轉而朝向「和風」。放眼四周，曾經在外國歌手的現場演唱會中打扮暴露，而且會舉起拳頭高喊「ＹＡ！」的人說：「我現在在學三味線。」過去很適合穿阿萊亞窄版洋裝（Azzedine Alaia）的人，也花了好幾十萬買捻線綢，說道：「最近迷上了和服。」甚至還說：「雖然義大利菜和法國菜都很好吃，但我最愛的還是壽司。」並且有了常去的店家。

我也不例外。就像之前說的，年過三十，開始對歌舞伎和平安時代的女性文學感到興趣。說到旅行，二十幾歲時都是到國外，我不斷前往夏威夷和香港這類平凡無奇的地方，但是，三十歲後，我開始瘋狂愛上京都這樣的地方，而且三番兩次造訪。當我開始購買鳥獸戲畫的兔子和青蛙商品，而非Hello Kitty和迪士尼的角色人物時，我想，「自己應該已經步入中年了」。

女性的興趣之所以到了中年後會開始走日本風，有各種不同的理由。就算年輕時可以盡情聽西洋音樂、穿西式服裝，但卻有一個瞬間，會讓自己感到極限，懷疑身為日本人的自己，是否真的理解這些東西。但是，在日本風的世界，無關年齡，每個人都會受到歡迎。

其中，似乎也有人在中年時，突然對芭蕾和福音音樂產生興趣。我發現這種類型的人，很多都是因為年輕時父母管教嚴格，未能輕鬆接受迪斯可舞廳或《Best Hit USA》等西洋文化的洗禮。

在中年開始親近日本文化的人，已經「吃得很飽了」。他們聽過西洋音樂，吃了很多法國料理，也穿了很多西式服裝，已經消化不良了……這個時候，和風嗜好就像清爽的日本料理，溫柔地迎接日本人。在過了人生高峰、感到些許疲倦的年紀，開始想透過茶道、花道或書道這些「道」系列的學習，讓身心恢復平靜。

也有一個原因是，想發現某種精神性。年輕時之所以會喜歡西洋文化，只是因為感覺「很酷」。但仔細一想，不管是英文或法文都不太懂，關於人類最根本的感覺和教養，東西方也有顯著差異。在最適合重新檢視自己的中年時期，人們應該會認為：如果只是體會到西洋文化的表面，還不如更深入瞭解自己國家的文化，加強身為日本人的自覺。

一如上述，所謂中年就是「回歸的年紀」。雖然曾經對西洋懷有憧憬，但還是要回到日本。出席同學會時，我突然發現這一點，於是和以前的好朋友再度恢復交流。前往都市的人，再次發現自己故鄉的魅力，熱心投入振興鄉鎮的事業……等等。「對懷念老歌的鄉愁」也是中年時開始興起的回歸，同時也是回顧活動之一。相信大家都曾經有過，在KTV，發現自己不會唱時下當紅歌曲那種「被年輕人瞧不起」的瞬間。那個時候，如果不顧一切地點懷念老歌，應該可以持續不斷地唱下去吧！

我們屬於西洋音樂世代，同時也是偶像世代。在我的青春時期，松田聖子、中森明菜、小泉今日子等人非常活躍，是偶像的黃金時期。那個時候，偶像的歌曲可說是滲透到我的骨子裡。

當時的我，每幾年就會去聽一次松田聖子的演場會。理由很簡單，因為「非常開心」。死忠粉絲說：「聖子不管幾歲，都活得像自己，我最喜歡這一點。」似乎將她的生活方式當作歌頌的對象，但是我並沒有這樣的信仰，就只是為了聽很多懷念的人氣歌曲而去。

資深歌手中，也有人因為不想「沉溺於過去」，所以將以前演唱會中的人氣歌曲貼上封條，只唱最近的歌。但是，以前的粉絲，與其說是喜歡歌手本人，不如說是想回味自己聽著那位歌手招牌歌曲的那個年輕時代，所以才去演唱會。如果歌手唱了完全沒聽過的歌，那根本就嗨不起來。但是聖子不一樣，她沒有捨不得唱，在熱鬧滾滾的演唱會尾聲，她很大方地唱了過去最受歡迎的歌曲，讓現場氣氛沸騰到最高點。

前幾天，我去武道館聆聽久違多時的聖子演唱會。聽眾八成都是女性，而且還是中年女性。我和國中時代，同時也是中年時期好友的「中友」一起前往，能看到這麼多中年女性的機會實在不多。聖子在偶像時代被女孩厭惡，不僅說她「裝模作樣」，還放話：「和阿俊（田原俊彥）這麼好，真是不可原諒，殺死你！」成為大人後，卻受到女性聽眾壓倒性支持。大家真的都「很喜歡聖子的生活方式」。

「聚集的中年人越多，感覺氣氛就越陰沉。」

「可是，來到這裡的人幾乎都認為『只有我和這裡的平凡中年女性不一樣』，不是嗎？」

「事實上，我還拚命克制，讓自己不要這麼想……」

在中年女性的大浪中歷經磨練的我們，一邊小聲交談，一邊坐到位子上。從一樓座位看著最前面的搖滾區，現實比我們想像還要嚴重。那裡恐怕已經被粉絲俱樂部的熱情會員占據，有和聖子一樣穿著飄逸服裝的中年女性。其中，還有穿著相同服裝的雙人中年組合。

如果我還年輕，不，就算是三十多歲，看到這樣的中年女性，應該會嗤之以鼻地說：「那些人在幹嘛？」但是現在，雖然我多少會感到吃驚，卻不會取笑她們。想在武道館這個有限的空間短暫做夢、回到那個時代……我十分瞭解她們的心情。

接著，聖子的演唱會開始了。一開始唱的是新專輯中沒聽過的新歌，身材沒有走樣，音色也絲毫沒有變差的聖子唱出的歌，聽起來相當舒服。雖然外表只有些微衰老，但內在卻已臻成熟。她十分擅長炒熱氣氛，敬語也用得相當漂亮，不虧是經過三十五年歷練的老手。

演唱會後半，期待中的「懷念金曲單元」終於開始了，會場瞬間沸騰。因為全都是耳熟能詳的歌曲，全場的人都和聖子一起唱！當然，我也是！

「請大家一起大聲唱！」

看到溫柔帶領著我們的聖子，我不禁想，「將來，大家在養老院工作人員的帶領下一起唱歌，大概就是這種感覺吧。」

讓我特別興奮的是《夏之門》（夏の扉）這首歌的前奏。由財津和夫作曲的這首歌前奏，讓我瞬間回想起青少年時代，感覺腦中大量分泌出多巴胺。同時也切實感受到，「這就是中年人聽老歌的理由」。

在比青少年時期更有思考能力的現在，我更能體會歌詞含意。所謂「夏之門」，指的並不只是夏天這個季節的入口，它同時也象徵「人生之夏」的門扉。當時，聽聖子唱這首歌的人，應該也站在人生之夏的入口吧……

《櫻花盛開》（チェリーブラッサム）這首歌也讓我心頭一震。

歌詞唱著「一切都已甦醒，嶄新的我」的這首歌，講的是朝著男友勇敢前進的女孩。讓中年的我深深感動的是「全新的我」這個字眼，聽著五十幾歲的聖子元氣十足地唱著這首快節奏的歌曲，我感受到「雖然自己已經變成大人……以後應該還是有機會轉變為『全新的我』」，不禁眼眶泛淚。

年輕時，我只顧聽著這些人氣歌曲的節奏和旋律，上了年紀後，理解的方式開始有了轉變，我們應該已經背負了無法單純聆聽節奏的人生。

除了聖子的演唱會，我在二〇一四年也去了Yuming（松任谷由實）的演唱會。Yuming屬於聖子的上一個世代，今年已經六十歲了。雖然「她大概也和自己屬於同一個世代」，但是相對於聖子，Yuming感覺更像是「自己仰慕的女性」，一直到現在我都不斷注視著她。這樣讓人心懷憧憬的對象，即使到了六十歲，還是打扮得美美的繼續唱歌，若以上班族來比喻，就像是「不斷持續工作，直到坐上社長位子的優秀前輩」。

在東京國際會議中心這個演唱會場地，聽眾果然清一色都是女性。這裡沒有出現聖子演唱會中那種打扮醒目的人，全是氣質穩重的女性。演唱會上，她交錯演唱著老歌和新曲。

最後的安可曲是《飛機雲》（ひこうき雲）。我沉浸在這首被用在吉卜力電影，受到廣泛討論的歌曲中，深深感受到這實在是一場「精采的演場會」，大家也都帶著滿足表情離開現場。

突然，Yuming和鍵盤手一起再度登上舞台。正要走向出口的人停下腳步，現場再度陷入一片沉寂。

舞台上傳來《畢業照片》（卒業写真）的前奏。大家開心又感動，四處傳出微微的驚呼。

「感到悲傷時……」

聽到Yuming歌聲的瞬間，我的眼淚終於奪眶而出。雖然沒有任何人帶動，但會場中的所有中年女性，都自動和Yuming一起合唱。

當然，我也唱了。唱歌的同時，眼淚依然不斷流出。周圍的人專注凝視著Yuming，一邊唱歌，一邊哭泣，感覺就像是一種宗教儀式。

當時，會場中所有人融為一體，事實上，在那個瞬間，應該所有中年人都各自回到自己的過往。高中畢業後過了三十年，有過各種不同經歷的中年人想起「當時的自己」，沉浸在甜美的淚水中。

不管是Yuming，還是聖子，她們都知道自己的歌為中年人帶來「回顧的快感」。不需要刀劍，就可以讓中年人流淚哭泣。

對中年人來說，像這樣「回到」日本文化、自己的過去，或是故鄉，會轉換成一種生存的力量。我們在經濟高度成長期度過孩提時代，在泡沫經濟時期度過青春歲月，意氣風發走過了上半輩子。「陰鬱的個性」不合時宜，大家鼓勵的生活態度是經常面帶笑容且積極正向，永遠年輕貌美……

但是，不管多麼正向積極，一旦上了年紀，身體就會衰老，而且也會感到疲倦。這個時候需要的無非就是「回歸」和「回顧」。

在每天的生活中，就算假裝「不管幾歲，我都滿懷好奇」，但偶爾還是會選擇老東西，而非新物品，內向而非外向，過去而非未來。對已經感到些許疲倦的中年人來說，這樣的時間就宛如綠洲。

像臉書這樣的社群，也可以滿足中年人對回顧的需求。可以連絡上以前的好友，十分令人開心，甚至也有人像中毒般深深著迷。

但是，所謂過去，偶爾回顧一下的確很開心，如果和老友來往過於密切，讓過去變得和現在一樣，就未免太無趣。有這麼一首詩，「故鄉，人在遠方時才會懷念，應該悲傷地為它歌頌」，因為只有「悲傷地歌頌」，才能讓甜美的回憶永遠那麼甜美。

回顧或重溫過去的行為，雖然讓人感到非常愉悅，但是，不管再怎麼想回到過去，人生還是會繼續向前，不會停止。我想，可以瞬間逃離不斷前進的人生，這種宛如自己心愛糖果般的東西，就是回歸，也是回顧。

時尚

有一回，我和許久不見的朋友一起吃飯。在相約碰面的地方看到她的那個瞬間，我驚訝得無法言語，因為她穿著一件長及腳踝的裙子。

長裙沒什麼不好，但是，穿長裙時，整體線條需要起伏。因為下半身分量比較重，如果上半身或髮型可以集中一點，看起來會很時尚。然而當時，她不管髮型還是上半身，感覺都蓬蓬的。我看了啞口無言，心想：「這身打扮和歐巴桑根本沒啥兩樣……年輕時，如果在公司看到這樣的歐巴桑，我都會覺得她『已經完蛋了』了。」

當然，以年齡來說，我們的確是歐巴桑，所以我並不覺得歐巴桑造型有什麼不對。只是身為美女的她，年輕時比大家都時尚，也很受歡迎。沒想到，兩、三年不見，她似乎已經下定決心要當個歐巴桑。

也因此，我覺得她相當幸福。她這個結婚生子的幸福家庭主婦，已經不用再為「想看起來更年輕」或是「不想變成歐巴桑」這些煩惱而努力奮戰。

但她的長裙還是讓我相當震驚。

「穿長裙真的好舒服啊，冬天也很溫暖。」

她很熱心地向我推薦，當時，我真的無法告訴她，這件長裙的歐巴桑味有多重。

要向處於尷尬年紀的朋友說出這樣的評語，真的很困難。如果對方是個直爽豪放的人，還可以半開玩笑地對她說：

「你怎麼會穿這麼可怕的裙子，難得你長得那麼漂亮，看起來都老了。」

我只會這種直接又極端的表達方式，所以，以前常常因為說錯話而惹禍上身。

「還是不要穿那條裙子吧，太像歐巴桑了。」

這種說法似乎會傷到對方，所以我閉口不言。

姑且先不說我自己，當朋友看起來像歐巴桑時，通常也就是往「輕鬆」的方向遁逃時。

雖然有人說「想追求時尚就要忍耐」，但是，人一旦上了年紀，就很難忍受肉體的辛苦。將「時尚」和「輕鬆」放上天平，當指針往「輕鬆」那頭傾斜時，就表示我們已經越過某條線。

現在，再回頭說說我自己。我年輕時忍耐力超強。高中時，我會將格子裙的腰帶往上摺，把裙子弄得短到幾乎要看到內褲。就算媽媽說：「裙子弄那麼短，應該很冷吧！」我也不以為意。冷當然會冷，但為了讓大家知道「我可是高中女生呢！」這一點冷根本不算什麼。

但是現在，光是看到高中女生穿著短裙的身影，我就覺得好冷。

受歡迎的女人似乎都不怕冷，的確，儘管是隆冬，出現在電視中的女主播，或是在港區的時尚餐廳參加聯誼活動的女性，還是會穿著無袖衣服。因為沒有起雞皮疙瘩，所以並沒有絲毫勉強，而且，因為腰部的線條非常纖細，應該也沒有偷偷在腰部和腹部貼上暖暖包。

相較之下，說到我自己，或許是因為高中時代把裙子弄得太短了，我現在對寒氣非常敏感，就像礦坑的金絲雀一般，再也無法忍受寒冷。我的包包中總是備有暖暖包，從襪子到長袖衛生衣，只要一聽說哪裡有可以保暖的東西，就會飛也似地跑去買。若是出去旅遊，只要一感到寒冷，我甚至會用報紙包起身體。

並非只有冬天才感到寒冷。夏天的冷氣是中年人的大敵，進入餐廳後，不管對方願意與否，我都會強行提出要求：

「不好意思，可以把冷氣關小一點嗎？」

對於「勒緊」這件事，我也變得無法忍耐。年輕時，為了讓身材看起來更纖細，我喜歡可以將腰部勒緊的裙子，或是窄版長褲。但是，像這種會緊緊勒住身體的東西，我現在已經完全不想穿了。

有人說，人一旦開始穿腰部縫了鬆緊帶的衣服，一切就完了。我也不喜歡縫了鬆緊帶的衣服，因為鬆緊帶不僅會伸展，也會縮起，我不喜歡那種緊縮的力量勒住肚子的感覺。

至於下半身，我喜歡穿以伸縮布料縫製，而且，比自己的尺寸再大一點的。試穿時，若腰部很寬鬆，就會覺得即使吃飽喝足坐在和式座位上，也沒問題，感覺十分安心。就算超過極限，伸縮布料有時還會比鬆緊帶更溫柔地包裹腹部。

襪子的鬆緊帶我也無法忍受。脫下後，總是會清楚印出鬆緊帶的痕跡，久久無法消失。我現在愛用的是，理解這種中年人的心情，雖然沒有縫入鬆緊帶，卻不會往下滑的襪子。

因為我很討厭被勒緊的感覺，很難找到自己喜歡的內褲。我喜歡棉質的東西，但現在的女性內褲幾乎都是化學纖維做的。當我非常喜歡的棉質內褲款式改以化學纖維製作時，我感到相當震驚。

就在我為了找尋棉質內褲，在網路上來回搜尋時，終於發現了一個堪稱棉質內褲寶庫的網站。我看著大量的棉質內褲依據形狀被取名為「襯褲（drawers）」和「內褲（shorts）」。雖然我心想：「一說出襯、襯褲，感覺就像是明治時代出生的老奶奶說的話，現在還有襯褲這玩意兒嗎？」但是「襯褲」穿起來非常寬鬆、舒適。至於「內褲」，雖然風格比「襯褲」稍微現代一點，卻是蓋到肚臍以下的寬鬆剪裁。我完全瞭解，不管如何，會想穿棉質內褲的，大概就是比較年長的人。

棉質的物品，一旦流汗就很不容易乾。我之所以會喜歡這樣的棉質內褲，是因為它的品質會「慢慢變差」。在洗滌過程中，會變得鬆垮，和我鬆垮的肌膚互相呼應，並且溫柔包覆。會慢慢變得沒有彈性的感覺，也和總是擺出一臉「我就是這麼精神充沛，怎樣？」的化學纖維不同，讓人同情。

不用說，「棉質內褲」並不是受歡迎的品項。應該只有以熟女為主角的AV，或者風格非常特殊的作品中，才會出現穿著棉質內褲的女性。曬著棉質女性內褲的家庭，顯然是沒有性生活的。

但是，相較於棉質內褲帶來的輕鬆和舒適，受歡迎和性生活這些事，就變得不再重要，如果不這樣想，就不是中年人了。關於這一點，就算忍耐也沒有用。

在所有的服飾配件中，我忍耐力最低的品項就是鞋子。我當然知道鞋面窄、鞋跟高的鞋子，看起來非常時尚。就算穿上相同的服裝，穿著高跟鞋和笨重大頭鞋，兩者給人的印象截然不同。

但是、可是、然而，只要想到前往車站、搭上電車、在目的地下車，然後再走路……這一整天的行程，步入中年之後，我開始深深覺得：「雖然不是太嚴重，但要穿著高跟鞋走這麼一遭，還是很痛苦。」

現在，我只有在確定會有人開車來接我時，才會穿上漂亮的高跟鞋。和大部分時候都靠車子移動的地方鄉鎮居民相比，東京人必須快步行走。如果腳不舒服，幹勁也會大幅下滑。

而且據說，東京長期處在直下型地震的危險中。地震發生時，如果那天剛好穿著高跟鞋，身處距離住家很遠的市中心，應該會失去「想辦法活下來的鬥志」。

相對於我的狼狽，我身邊還是有「耐力很強的中年人」。雖然不是安娜・溫特（Anna

Wintour），卻在秋冬穿著薄衫，腳上蹬著高跟鞋。看到大大的裝飾性項鍊在胸前發光，如果我開口問她：「你的腳不會痛嗎？肩膀不會痠嗎？」應該也是出於一種老太婆的心態吧！「耐力很強的中年人」或許也很有耐性，但中年畢竟是中年。因為穿高跟鞋在呈現斜坡的道路上扭傷腳踝，拿著拐杖生活……看到這個模樣，還是會讓人覺得「絕對不能勉強」。

到了這種無法勉強的年紀，我發現自己需要的就是「不會痛苦，但看起來很時尚」的品項。大約二十至三十年前，年輕人專用的品項和為歐巴桑設計的服飾之間，有著很深的鴻溝。製作服裝時，應該都是根據這樣的概念：「女性一旦結婚生子，可以掌控的金錢也變少了，應該不會再追求流行了吧！」

但是，在那之後，時代發生變化。雖然不年輕，卻沒有結婚、持續在外面工作的人，或是即使已經結婚、有小孩，但還是一樣打扮得很時尚的家庭主婦等等，雖然步入中年，但並不想穿上俗氣衣服的人不斷增加。

而且，因為這一類女性屬於泡沫世代，擁有購買力。她們開始發出這樣的怨言：「明明很想買衣服，卻沒有想買或可以買的！」

因為這種中年人的出現，服飾業界也產生變化。針對有一點小錢，並且想持續跟隨流行的中年人設計的服裝品牌，不斷增加。

最近開發得特別多的是，專為中年人設計的休閒服。以前，為中年人設計的服裝，多半是在孩子的畢業典禮，或親戚的結婚典禮這類婚喪喜慶場合穿著的「外出服」。服飾業界或許是認為，中年婦女應該沒有穿正式服裝的機會吧！百貨公司中的老奶奶服裝專櫃則散發出閃亮亮的光彩。

但今天中年人必須出席各種場合。除了工作，也會去參加韓流偶像的演唱會、去旅行、和其他媽媽一起吃午餐，也會去喝一杯，在住家附近散步時，也不能穿得太邋遢。為了應付這種「中年人的日常生活」，帶著些許時尚感的品牌相繼登場，在百貨公司的一角，也設有這樣的專櫃。

針對中年人設計的品牌服飾，經過各種考量。腰部周圍要設計得寬鬆一些，但又不能太鬆垮，因為反而會顯胖。色彩以容易搭配為主，剪裁也很簡單，所以很好穿搭。此外，中年人的肌膚會變得敏感，所以不能用太便宜的材質。如果是更休閒的場合，也有優衣庫等平價服飾可以選擇，中年女性的時尚環境可說是比以前好太多了。

而且，周遭的眼光也變得更加寬容。以前，歐巴桑只要穿得稍微花俏一點，或是露得多一點，身邊的人就會說：「都這把年紀了，還……」但是現在已經慢慢變得自由。就算是從無袖衣服中露出兩條胖胖的手臂，大家也已經學會如何讓它看起來像是中年婦女的豐腴。

其中，針對中年人需求所做的調整，就以鞋子的步調最慢。在服裝的世界，能在輕鬆和時尚之間取得平衡的服飾相繼登場，相對於此，鞋子的世界還停留在輕鬆的鞋子只能輕鬆，漂亮的鞋子只有漂亮，兩者往中間修正的幅度非常小。

我最近十年都在尋找「漂亮又好穿」的鞋子，但一直找不到理想款。只要聽到人家說「哪裡有設計漂亮又好走的鞋」，我就會去試。結果，設計上總有一股說不出的土味，或者穿的人腳板要非常纖細才會舒服。就算是詢問身為鞋癡的朋友，他們也只會很斬釘截鐵地告訴我：「世上沒有這種東西。要不就選擇時尚，要不就選擇輕鬆，在鞋子的世界，只能二選一。」

在鞋子的世界，大家不只追求「穿起來好走」，還要「方便穿脫」。在整型外科的候診室看著歐巴桑的腳，強調實穿，而且不管顏色或造型都很像炸豆腐丸（がんもどき）的鞋子一字排開。我們知道，一旦變成大嬸，便無法再對鞋子的設計抱持一絲希望。

在我的朋友中，雖然還沒看到有人和那些大嬸一樣，穿著炸豆腐丸鞋。但是，這一天一定會到來。這一天，也就是當朋友穿著炸豆腐丸鞋出現時，會說：「這鞋子穿起來好舒服啊，冬天也很暖和。」

但是，當這一天來臨時，我應該已經過了「輕鬆」這個關卡，到了必須優先考慮安全性或「是否可以一個人穿上」這些問題的年紀。將「輕鬆」和「時尚」放在天平兩端這個時代的事，應該會讓我非常懷念：「當時好年輕啊，還有選擇的餘地。」

情感的消磨

中年，是學習的季節。

這時，家庭主婦的育兒工作已經告一段落，可以開始學點什麼東西。單身的人，如果覺得「既然沒有生小孩，至少要學些什麼東西充實自己」，應該也會努力學習某種技能。

我也在學習。我學做中式料理已經十幾年了，剛剛和朋友一起參加時，不管是老師，還是資深學員，都說我們非常年輕。

當時的我們對學習這件事還很害怕。掌管教室的六十多歲「資深學員」，不知為何，感覺就是有點恐怖，身為年輕新成員的我們，只能完全照著前輩說的做。

但是，在那之後過了十幾年。猛然回首，我們已經變成「資深學員」。當時的資深學員有些去了別的班級，有些已經離開，同一個班級中，已經沒有前輩了。在教室看著威風八面張羅一切的我們，後來才加入這個教室的人，肯定會覺得「很恐怖」。

當時，我覺得「自己臉皮變厚了」。因為活得夠久，知道在各種場合該怎麼做，不再提心吊膽、戰戰兢兢。

最明顯的應該是到餐廳用餐。年輕時，只要一走進高級或豪華的店家，不管從服務生或其他客人身上，我都會感受到一股嗤之以鼻的氣氛，結果，自己的動作也變得很笨拙。

但是現在，不管是進入高級或時尚餐廳，也不管是立飲店還是吉野家，不論在什麼樣的店家，我都可以泰然自若用餐。不知不覺，我已經學會什麼時候該叫服務生、如何和店裡的人自然對話、覺得很好吃或不好吃時的處理方式、招待別人或被招待時又該如何應對⋯⋯

有一次，在一家裝潢得還不錯的店裡，我旁邊有一對鼓起勇氣來約會的年輕情侶，我回想起自己的過去，不由得發出會心一笑。這兩個年輕人在不熟悉的環境中戰戰兢兢，對服務生也使用敬語。他們不太清楚刀叉的使用方法，不管上什麼菜，都會感動地說：

「太棒了！」

「好好吃！」

並拿出智慧型手機拍照。已經不太容易感動，如果不是太特別的東西，也不會想要拍照的我，在心中對他們說：「請好好珍惜那種容易感動的心情啊⋯⋯」

如果是中年人的聚餐，不管在什麼樣的場所，大家都落落大方，感覺非常舒服，但是偶爾也會看到「因為太過落落大方而顯得非常恐怖」的中年人，那就是對店家的人擺架子或頤指氣使的人。

「咖啡呢？還沒好嗎？」

像這樣的說法也就算了，甚至有人會說：

「這太難吃了。我覺得鹽巴應該少放一點，請跟主廚說，讓他吃一口看看。」

我瞭解這種人的心情。中年人經常在外面用餐，所以對服務品質很挑剔，對吃也很講究。我也曾經差點抱怨：「啊，味道實在不……」

但是，一旦真的說出口，就會讓店裡的人膽顫心驚，或是破壞聚餐的氣氛。而且，說出「很難吃」這句話的人，那股可怕的感覺和中年味更引人側目。因此在店裡，不管覺得多糟糕，我都會忍耐。

看著不管身處何地都不再戰戰兢兢的自己，我發現「自己已經變成大人，也變得輕鬆了」。就是因為在人生中經歷過各種不同的境遇，所以不管在哪裡，都能平靜面對。

但是，另一方面，我也在想「這會不會是情感的消磨？」年輕時的那種自我意識和細膩，逐漸變得淡薄，因為不在乎別人怎麼想，可以無所顧忌、勇往直前。

前幾天，發生了一件讓我深切感受到情感消磨的事。除了中式料理，我也在學桌球（事實上，我還有在學書法，而且也學了漢字，我覺得自己的前世，一定和中國有某種關聯），事情發生在我參加桌球比賽時。

雖然國中時曾經參加桌球社，但這次卻是相隔三十年的桌球比賽。我沒有花太多時間練習，帶著輕鬆的心情參賽，但既然是比賽，還是要提起勁熱情投入。

不管是運動還是遊戲，只要是比賽我都很喜歡。當然，贏還是會比輸來得高興，我想自己應該是屬於不服輸的類型。

學生時代，我一直都有參加運動社團，而且非常投入，不管比賽輸贏，都會激動流淚。

久違的比賽終於來了。前幾天，我還在想像「不知會有多緊張呢」。一想到可以感受那種幾乎要讓人嘔吐的緊張感，就有些期待。

但是，比賽開始後，我一點兒都不緊張，甚至比練習時還要威風，不斷嘗試新的技巧。

比賽時，我對這種完全不緊張的狀態，感到相當驚訝。學生時代，我總是因為太過緊張、無法發揮實力而哭泣，現在這種和平常沒什麼兩樣的感覺，究竟是什麼呢？歲月似乎也消磨了我這種容易緊張的心性。

比賽採取循環制，我一共要打六場，結果是三勝三敗。三敗當中，有的是因為先拿到決勝分，一時大意而輸了比賽。

但是，當比賽全部結束後，我突然有一種「很不甘心」的感覺，對輸球這件事很不甘心。不過，並不是像學生時代那樣淚流不止，或是一時無法振作的那種懊悔，而是覺得「可惜啊～」。

這個時候，勝敗對人生的影響，當然和學生時代不同。在學生時代，社團活動幾乎占了人生的全部，所以比賽中的勝負非常重要。相較之下，中年的現在，桌球單純只是興趣。

我從孩提時代開始，不管是什麼項目的勝負，都絲毫不會輕忽。不論是撲克牌，還是黑白棋，都會為了求勝而全力以赴。一旦輸了，就會很不甘心，但是現在，就算輸得很可惜，應該也只會覺得「唉，沒辦法」。

這或許可說是變得「圓融」。歲月會削磨人們性格中的尖銳部分，也會讓人覺得不用再為了勝負耿耿於懷。或許優秀的人會說：人生不是只有輸贏……

不過，對於不怎麼懊悔的自己，我覺得有點慚愧。看著比賽會場，真正厲害的人不管是多麼非正式的比賽，輸的時候還是會非常懊悔。而能力不好的人，就算輸了也是嘻皮笑臉。之所以輸了還可以嘻嘻哈哈，或許是因為「已經變圓融了」，這同時也是對輸贏感覺的消磨，而且，已經放棄「想要變強」，或者「想要變得更好」。

我心想：「這樣不會太早了一點嗎？」如果已經八十歲了，宛如得道成仙般說出：「不管輸贏都一樣。」或許還別有一番禪意。但是，我們還是中年人，沒有放棄讓自己變強，應該也是件好事。

比賽結束後，我感到筋疲力竭，同時也在思考：很乾脆地放棄「想要獲勝」這種心情的人，確實比較輕鬆。我曾經藉著自稱「敗犬」而放棄輸贏，比別人早一點落得輕鬆。不過，至少在打桌球時，希望可以有一點不服輸的心情。然後，因為非常懊悔，需要更多練習……

緊張感的消磨和「求勝欲」的消磨，確實感受到這兩者的我，開始對職業運動選手心懷敬意。不管是職業棒球選手、職業足球選手，或是大相撲力士，長期抱持著「想贏」的心情，是非常辛苦的一件事。如果無法維持氣力或體力，就無法持續燃燒「想要獲勝」的欲望。

這麼一想，我發現除了勝負，還有各種不同的情感，似乎都已經開始消磨。比方說，年輕時連一點點小事都會覺得很好玩，會隨便找個理由放聲大笑，只要被戳中笑點，就會笑個不停。說來很不好意思，我很喜歡自己寫的散文，寫的時候，常常都會一邊帶著微笑，甚至放聲大笑。

但是現在，寫文章時，完全沒有沉醉在自己文章中的感覺。我心想，「以前怎麼會這麼奇怪呢？」

感動也消失了。以前，讀了小說或詩後，我會把自己覺得很精采的章節抄在紙上，但仔細一想，我已經很久沒做這種事了。書寫和閱讀成了工作，就算覺得「很精采」，也是看過就算了，莫非這也是因為感動心已經消磨殆盡……

活得越久，對事物不再一一覺得驚訝，也是沒辦法的事。不針對所有刺激一一反應，或許是心理對自己身心的保護機制。但是，與其說是「不感到驚訝」，倒不如說這種只能說它是

「逐漸消磨」的感覺，確實存在於自己內心。

另一方面，或許是對部分情感開始消磨的反作用，其他的情感，似乎變得敏感而深沉。我以前也寫過，淚腺變得發達是中年時期的特徵之一。而且，因為為自己設定的標準變得更加穩固，有時會胡亂發怒。

看到身為中年人前輩的諸位老年人，我似乎可以理解我們情感的歸處。人在上了年紀之後，不只會變得圓滑。老了之後，很多人個性中的特徵都會變得更加凸顯。也就是說，容易生氣的人會變得更容易發怒，負面的人會變得更加消極……中年的我們應該可以看出那種強化的跡象。

因為年齡增長而出現的情感變化，不是只有壞的一面。一般來說，人在上了年紀後，便累積各種經驗，同時，也因為培育、守護孩子和部下，而更懂得如何溫柔地照顧別人。特別是女性，上了年紀後，便會開始帶有母性，不僅是對自己的孩子，即使對眾人來說，也扮演著如「母親」一般的角色。

但是，我看著我自己，不但沒有孩子，也沒有工作上的部屬。不論公私，都缺乏「培育年少者」的機會。

這麼一來，便完全沒有應該隨著年紀增長而出現的母性。有些人就算沒有生孩子，也還是有先天的母性，但是很不巧，我完全沒有。

看到小嬰兒或小貓小狗，雖然會覺得「好可愛」，但這並非是因為我是中年人，而是一種只要是人，不管是誰都多少會有的那種覺得小東西很可愛的情感。因為，所謂的母性，並不是瞬間覺得「可愛」的情感，它伴隨著持續性的責任。

就算容易生氣、陰晴不定，偶爾也會嚴重健忘，但擁有母性的人通常還是會受到身邊人的愛慕。缺乏「母性」這種中年女性最珍貴財產的我，老了之後該怎麼辦呢？

或許，只有讓臉皮變得比現在更厚。不管是受到他人愛慕或厭惡，也不管是輸還是贏，都可以坦然接受……如果真的可以變成這樣，那就真的是得道成仙了。當消磨掉所有情感，變成光滑一片時，人或許就會被認為是「變得圓融了」。

多管閒事

有人說，晚婚化或少子化的原因之一，就是「多管閒事」的歐巴桑消失了。以前，不管是職場上還是鄉鎮內，只要有未婚者，就會有愛管閒事的歐巴桑來問：

「有沒對象？」如果沒有，不管對方願意與否，都會被強拉去相親：

「朋友的女兒很不錯喔，要不要見個面看看？」就是那種強迫的行為，提高日本的結婚率。

但是，在個人自由開始受到重視的現在，就算對方單身，胡亂建議人家結婚，是非常危險的行為。而且，歐巴桑的氣勢也變弱了，「這歐巴桑在幹嘛啊！囉嗦死了。」

或許是害怕受傷，她們不喜歡年輕人這樣的冷眼看待，所以，也不再出現這種多管閒事的行為。

事實上，當自己步入中年就會瞭解，所謂中年，就是會想要管別人閒事的年紀。相較於過去的中年人，雖然管閒事的功夫差了一點，但多管閒事的精神已經在我們心中孕育而生。

比方說，中年女性經常會在包包準備一個放了幾種糖果的糖果袋，當有人碰到一點小挫折時，就會一邊說著：

「要不要來顆糖？」

一邊把糖果拿出來發。不只是糖果，中年人也會到處送別人東西。不只是東西，他們也會將自己的情感分送給其他人，這樣的行為就是一種「多管閒事」。站在接收者的立場來看，這種行為有時雖然感覺非常沉重，不過，確實也有人因為多管閒事而得到幫助。

雖然我自己沒有結婚，但是最近看到比自己年輕且尚未結婚的男女，都會非常想幫他們做點什麼。如果西邊有二十幾歲的人嘟囔：「雖然想結婚，但沒有對象。」我就會拚命想，朋友中有沒有適合的人選，如果東邊有三十幾歲的人說：「已經不知道自己到底想不想結婚了。」我就會跟他說：「這個問題等結婚之後再想吧！」在精神上，已經變成一個媒婆歐巴桑了。

即使是已婚者也一樣。同世代的家庭主婦中，有人宣稱：

「因為養育孩子的工作已經告一段落了，我想來當個幾乎要絕跡的媒婆歐巴桑。現在，有好多想結婚卻無法結婚的人，我已經無法做什麼像樣的工作，至少可以做這些事，為日本的繁榮貢獻一點心力。」

不管已婚未婚，女人一到中年，當找不到「釋放情感的地方」時，她們會做的就是「多管閒事」。如果是有孩子的中年女性，自己在孩子幼年期所懷抱的濃厚情感，會隨著孩子的成長而不再被需要，失去釋放的對象。若是沒有孩子的中年女性，本應投注在孩子身上的情感，就會原封不動儲存，所以需要釋放的地方。

因此，假設所有女性都有母性，中年女性變得多管閒事的原因不言自明。而且，所謂的多管閒事，是一種一旦開始做了，就會非常開心的行為。

比方說，前幾天在某個聚會上，我碰到一位想結婚的女性朋友，三十多歲的E子。

「最近好嗎？」

「一點都不好，酒井小姐。雖然有人喜歡我，卻不是我喜歡的類型。」

「可是，人家不是說『路遙知馬力』，要不要試著交往看看？」

「我不要，不可能的……」

就在我們談話的同時，一位單身男性朋友F先生走了過來。

那個瞬間，我腦中靈光一現，那個的念頭當然就是「要不要湊合E子和F先生？」。他們年紀差不多，住得也很近，真是天賜良緣……？

於是我開口跟他打招呼：

「F先生，好久不見。」

E子、F先生和我三個人聊了一會兒後，我若無其事地讓E子和F先生知道彼此的個性。然後，當兩人聊得很起勁時。

「啊，G先生，晚安。」

我找到另外一個認識的人，很自然地退場。這不正是多管閒事的歐巴桑嗎？

後來我聽說，E子和F先生在那之後聊得非常投緣，也交換了名片。如果這兩個人的關係有進一步發展，多管閒事歐巴桑的成就感應該也會增加吧！

仔細回想起來，我年輕時，也曾受惠於中年女性的多管閒事。雖然很遺憾地，就是沒有幫我介紹適合男性的媒婆歐巴桑，但是，當天氣變冷時，有人給我暖暖包，嚷著肚子餓時，有人給我巧克力，只是打了一個噴嚏，就有人讓我喝薑湯……我就是在這些熱情的多管閒事中活下來的。

即使在自己已經變成中年人的現在，我依然被這些歐巴桑大姊（在此，為了表達敬意，我加了「大姊」二字）的多管閒事照顧著。過去還是中年人的歐巴桑大姊，雖然已經步入初老階段，但是太陽下山後，她們還是會來按我家門鈴，將小菜或別人送的禮物，帶來分送給我：

「你家的燈亮著，我想你應該在家。」

「不嫌棄的話，請享用。」

面對這些做了許多飯糰和小菜送到我家的歐巴桑大姊，我眼淚都快掉出來。所以我想，「自己也要變成這種多管閒事的人」。

因此，步入中年的我，必須將過去收到的多管閒事，還給某個人。「多管閒事不是為了別人」，應該每個世代都要不斷承接。

話雖如此，我們這個在極度個人主義社會中長大的世代，雖然非常想要多管閒事，卻因為害怕對別人造成困擾，而不自覺地退縮。我們缺乏以前中年女性那種「不管別人怎麼想，我覺得還是要多管閒事，不能灰心喪志」的戰鬥力。

比方說，對於來家裡幫忙的工匠，我總會猶豫，不知該招待到什麼程度才好。來我家幫忙的園藝店，從我的祖父母時代就給我們許多協助，但是我只有在三點時，才端出茶和點心招待對方。

然而，我的母親似乎十點和三點都會端出茶點。而且，聽到園藝店的人說：

「老人家（亦即我的祖母）以前經常做天婦羅給我們吃，真是美味啊！」她還會感到慌張：「啊，奶奶以前還拿天婦羅招待？」天婦羅是祖母的拿手菜，她透過天婦羅來多管閒事。看到只在三點端出茶點的孫子時，園藝店的人會怎麼想呢？

即使是同一個世代的朋友，也有人很擅長這種多管閒事。在炎熱的夏日，她會為宅配員送上冰涼的罐裝果汁。其中，似乎還有人詢問宅急便的先生：「肚子餓了嗎？」

然後，請對方在門口吃當時碰巧煮好的咖哩。如果主婦將宅急便的快遞人員帶進屋裡，可能有人馬上會聯想到成人影片，但當時完全沒有這種氣氛，我非常尊敬可以若無其事請對方吃咖哩的朋友。

但是，我無法很自然地做出這樣的事。不管是園藝店或水電行的人，或者是銀行相關人員，我都不知道該如何坦率和這些人交談，也不知道該坦率到什麼程度。以前的主婦，應該就是透過和這些人融洽相處，來展現功力的。

不過，有天發生了一件事。我家來了一位偶爾會請他幫忙修東西的年輕工匠。因為之前提到的園藝店人員是一位很資深的工匠，應對時，我一直很緊張。我的年紀和現在這位工匠比較接近，講起話來也比較輕鬆。

當時，我剛好做了自己午餐要吃的飯糰，但那只是把野澤菜、芝麻和米飯加以攪拌，捏製而成。因為多做了一些，我說：

「不嫌棄的話，請享用。吃不完的話，請放著就可以了。」

並端出茶和小菜。

這個時候，我有些緊張。不是家人也不是朋友，卻拿自己做的東西請人家吃，雖然只是飯糰，對方應該會感到困擾吧！這個世界上，好像有「除了父母做的飯糰之外都不吃」的人，如果對方也是如此，那該怎麼辦。雖然主人說「請放著就可以了」，但實在沒有放著的道理，這樣不是勉強對方吃嗎？或者，他會用保鮮膜包起來，放進自己的包包……？我一邊吃著飯糰，一邊苦惱地想著這些問題。

過了一會兒之後，「哇，飯糰非常好吃。野澤菜和芝麻真是對味啊。其實，我一直期待能吃到酒井小姐家的小菜，謝謝招待。」

說話的同時，他將已空的托盤還給我。

當時，我非常高興，我本來一直很不安，怕給對方造成困擾，但對方很開心地接受我的多管閒事，讓我覺得非常幸福。

我想，當時對我來說或許就是打開「多管閒事之門」的瞬間，「讓別人開心，是一件多麼值得高興的事。」

而且，那位工匠也非常善於讚美，刺激了我多管閒事的欲望。他讓我覺得「那個人說他一直期待能吃到我家的小菜，這樣的話，下次他來的時候，我得再準備好吃的東西」。因為年輕世代熱情呼應了中年人的多管閒事，讓我們更加發憤圖強。

而且，我也覺得「感到猶豫的話，就先做了再說吧」。或許偶爾會讓對方覺得困擾，但應該也會有人因此感到開心吧！

但是，我們必須知道，如果把源源不絕地「想要幫助他人」的欲望當作多管閒事，當年紀更大之後，多管閒事的心意就有可能招來危險。比方說，老人家之所以會成為轉帳詐騙的受害者，就是因為他們心中懷有多管閒事的心意。聽到孩子或孫子有困難時，因為覺得「自己必須幫助他」，而把錢匯了出去。

「媽媽救我詐騙」這個被取了不知該說是新名稱還是罕見名稱的轉帳詐騙，也就是懷抱母性的女性最容易上鉤的詐騙行為，因為女性所擁有的「幫助他人」欲望是最強烈的。

老人家受到推銷員甜言蜜語的誘惑而購買高價商品，應該也是因為「想要幫助總是仔細聽我說話，溫柔對待我的推銷員，所以想為他購買商品」而受害。一旦惡人出手，老人家多管閒事的欲望就會被巧妙利用。

我聽了詐騙的事後，對犯人燃起一股熊熊怒火，同時，也感到非常荒謬。有誰能譏笑歐巴桑「為了孩子」匯出鉅款這件事？生過孩子的女性，不管到了幾歲，都會持續懷抱著母性，一旦發生狀況，不管付出怎麼樣的代價，都會想要幫助自己的孩子。

沒有孩子的我雖然不可能成為轉帳詐騙的受害者，但這說不定反而危險。因為像我這樣的人，就連「吃了我做的飯糰，跟我說很好吃」，都會很感激地認為他是「一個好人」。也就是說，一旦對不相識的陌生人多管閒事的欲望被激發，就會覺得「如果可以幫助這樣的好人，那當然要做」，不管是茶壺還是健康用具，應該都會大肆購買吧！

從現在開始，似乎必須好好提醒自己，「猶豫的話，就先做了再說」是中年人的義務，可是，千萬不要跟金錢扯上關係。

後記

參加大學時代社團的慶功宴或年終聚會時，必須在胸前別上名牌。因為名牌除了姓名外，還會寫上畢業年度，所以，一眼就可以看出「這個人屬於哪個年代」。

因為是運動社團，非常重視長幼有序的觀念，才會有這種安排。我名牌上寫的是「昭和六十三年度畢業」。

沒錯，我是在昭和最後一年、也是平成第一年時，從大學畢業，進入社會。找到工作後，我為了考駕照上補習班。我清楚記得，上早上第一堂課時，坐在副駕駛座的教官告訴我：「天皇陛下去世了。」

「什麼？」我相當驚訝。

我畢業那一年，以紀元來說，是「昭和六十三年度」。但是，雖說是最後一年，一旦有了「昭和」這兩個字，即使在OB、OG（譯註：從學校的社團活動中引退的前輩。）群中，也會散發出一股老人味。「至少也寫個西元吧……」雖然我內心這麼想，但是，身為一個已經度過漫長中年生活的人，我深切感受到「不上不下地裝年輕是個禁忌」。所以刻意將寫著「昭和」二字的名牌清楚別在胸前，帶著些許自暴自棄的心情，展現中年人的氣味。

一旦必須把年齡貼在胸前走路，服裝也必須選擇沉穩大方的風格。年輕的OG們，都穿著大方露出鎖骨的洋裝或浪漫飄逸的服裝，但是平成一位數或昭和年代畢業的人，大家都穿黑色的連身洋裝或套裝。我們這些中年組在一群黑壓壓的人中討論著：

「選衣服時，果然還是要意識到年紀！」

而且，和現役學生講話時，會聽到對方說：

「我是平成五年出生的。」

回想起來，那時我已經辭掉公司的工作。如果當時生了小孩，應該也長這麼大了吧！那種感覺就像不是我親生的孩子出現我的眼前。

「好可愛啊！你母親幾歲了？」

問了之後發現，他母親果然是和自己同一個年代。而且，有一種似曾相識的感覺，因為我在大學時代也經常聽到大人說「咦，昭和四十年出生的嗎？好可愛啊，你母親幾歲？」。

看著名牌上寫著「平成」，而且畢業年度還是兩位數的年輕ＯＢ、ＯＧ或現役學生，我想到一件事，那就是「這些人應該不知道昭和天皇吧」。出生後，在昭和年代生活了約二十二年的我，雖然在平成年代生活的時間已經超過昭和年代，但是，一聽到「天皇陛下」這個字眼，我的腦海中瞬間還是會浮現昭和天皇的臉。已經邁入八十歲的現今天皇，感覺上還是有點像「昭和天皇的兒子」。

但是，對現在的年輕人來說，昭和天皇已經是日本歷史上的人物。所謂昭和天皇，就是只能在照片或新聞片段中看到的人。

在平成經歷了四分之一個世紀的現在，會讓人散發中年色彩的，應該就是這種「昭和感」吧！雖然我在昭和年代生活了二十二年，但是我心中依然累積「父母瞭解戰爭」、「祖父去參加戰爭」、「奶奶生於明治年間」這些歷史記憶。

除了昭和或平成，還有一個很大的標準可以區分中年人和中年以下這兩大族群，那就是網路。我念小學的姪子，從幼稚園時期就開始把玩父母的桌上型電腦和平板電腦，所以操作時比我還熟練。從出生後開始，他們應該就逐漸被培養成身邊理所當然充滿ＩＴ產品的ＩＴ

公民。

相對來說，我這個世代是在長大後才認識ＩＴ產品。以我來說，是當了上班族後才接觸到電腦這個玩意兒。當時，電腦還是很「稀奇」的東西，不可能一人一台。聯絡時，基本上就是用電話，頂多加上傳真。

就在這樣的過程中，進入了人手一台電腦的時代。雖然我有電腦，也知道使用方法，但大概也僅限於最基本的瞭解。我應該只用到電腦所具備功能的百分之一吧。

身為ＩＴ公民的年輕人，和我們這個長大之後才接觸到ＩＴ產品的世代，有許多差異。最明顯的一點是，對網路溝通的感覺。

我們這些昭和年代的人，大多對在網路上認識他人這件事抱持戒心。當年輕人提到要和在網路上認識的異性首度碰面時，我們會保持全面警戒地說：

「這太危險了吧！要小心一點！」，或是「說不定碰面的那個晚上就會被殺掉。」

年輕人卻對在網路上認識其他人這件事沒有任何猶豫。對他們來說，與其說是「認識」，倒不如說「連結」。雖然在網路上有所連結，未必就得在真實世界相識。那種感覺就像是如果只是在網路上，應該怎麼樣都無所謂。

最近的年輕人，要在真實世界和未曾謀面的人碰面時，如果沒有事先在網路上認識對方，就會覺得「害怕」。當別人為他們介紹異性時，若少了網路上的交流，只是突然被告知：「這是〇〇」，就會一時語塞，不知該聊些什麼。

相對於只是在網路上不斷和別人有輕度連結的平成人，對昭和人來說，「和他人相識」是非常重大的一件事。想認識某人時，通常必須先寫過信，再帶著禮物拜訪，或者請人代為介紹，需要各種不同的步驟。

一旦像這樣在緣分上有所連結後，要將這層關係切斷，對昭和人來說，也是一件大事。所謂緣分，是一旦有所連結，就會繼續維繫的東西……因此，昭和人在一生中會持續被地緣或血緣這些難以分割的緣分保護，並且束縛。

但網路緣不管是要連結或切斷，都非常容易。在網路上不必使用真名，所以可以輕易消失。就算不使用「絕交」這種很誇張的字眼，也可以從往來關係中慢慢淡出。

因此，中年人大多比較喜歡使用在ＳＮＳ中對中年人來說親和力較高的臉書（以下稱

ＦＢ）。中年人之所以喜歡ＦＢ，不只是因為「可以沉浸在同學會的氣氛中」、「可以找到前男友或前女友的動向＆如果碰巧是乾柴烈火……」這種感覺。

最大的理由應該是，對無限延伸的網路世界感到害怕的中年人，在ＦＢ這個「只有認識的人」的世界，也可以安心。ＦＢ是可以對「漫無目的上網的奇怪人物」加以阻隔的封閉式社群。

使用ＦＢ時，中年人會抱怨：「提出加朋友的邀請時，禮貌上至少要寫句話吧！」相當看重「認識」這件事的中年人，在網路上也非常重視程序。

這麼一想，中年人被按讚時，應該會感到很開心，在ＦＢ上也會毫無防備地洩漏個資。雖說是封閉式社群，在網路上如果缺乏安全意識，也會被說像個中年人一樣。

看著在網路上不慎散發出的中年味，我發現「時代已經改變」。回首昭和年代，完全不需要在意「網路上的中年味」，我做夢也沒想到會因為「獲得和處理資訊方式」的不同，感受到世代差異。

網路出現前，資訊的往來過程非常漫長，都是透過紙張、電視或收音機進行。我們這些孫子會看祖父母讀過的報紙，不只如此，不管是書籍、收音機或電視，都是可以不分世代來分享的媒體。

但是，因為電腦的出現，產生了分裂。對網路所抱持感覺的差異，成了能否跟上時代的評斷標準。

現在的中年人流瀉出「中年味」的關鍵，比起過去的中年人還要多。以前的中年人頂多就是看到皺紋、斑點和白髮這些肉體上的老化，才會覺得「已經上了年紀」。因為掩飾肉體老化的方法也不是太多，一旦發現老化的徵兆，不管願意與否，都是在往中年的路上邁進。

但是，活在現代的我們這些中年人，必須全方位留意自己是否流露出中年味。雖然有淡化皺紋的注射、去除斑點的雷射，以及把白髮染黑的藥物，但是，就算掩飾了這些顯而易見的老化徵兆，假扮成美魔女，顯露出自己身為中年人的訊息，依舊四處可見。比方說，手背上開始浮現大量血管，或是寫出來的字都長得圓滾滾的，或者在臉書上寫著褪流行的用語。

最近，萬聖節這個活動也在中年與非中年之間，劃出一條清楚的界限。對中年人來說，萬聖節是長大成人後才認識的活動，無法厚著臉皮盡情享受。所以，可以開心慶祝萬聖節的都不是中年人。中年人雖然也有人喜歡角色扮演，但是，會猶豫要不要以裝扮出的樣貌到外頭遊行的，也是如假包換的中年人。

就像這樣，不管再怎麼掩飾，中年味還是會在其他地方悄悄探出頭。不過，我們已經可以開始享受這種「中年味的打地鼠遊戲」。如果可以巧妙掩飾中年味，就會覺得非常開心，就算掩飾不了，也可以坦白說：「沒辦法啊，因為已經是中年人了。」

看了現在年輕人的模樣，可以率直發出感嘆：「好厲害啊！」

「太酷了。」

也是中年人的象徵。稍微年輕一點時，自己心中還殘存著些許年輕人的元素，因為還沒有徹底乾涸，會配合或奉承年輕人。但是，在年輕人元素徹底乾涸的現在，就可以把年輕人視為他人。

年輕人元素徹底從自己心中消失，是一件非常開心的事，在心情上也會變得比較輕鬆：

「因為我們是上了年紀的昭和人，請告訴我們現在的事。」

唯一需要擔心的是，因為扮演昭和人時太過賣力，讓年輕人覺得非常囉嗦。

就算脫離中年、進入老年，也必須持續留意，是否將麻煩的事全部推給年輕人：「網路的東西我完全不懂，因為我是昭和人。」

或是，到處散播昭和性毒素：「反正我是昭和人。」

年輕時，我覺得中年女性看起來有一種奇妙的開心。

當時，我心想：「皺紋和白頭髮都不斷增加，被讚美的快樂和受歡迎的喜悅也消失不見，為什麼這些人看起來還是這麼開心？」

現在我瞭解了。就因為她們可以誠實面對並接受自己已經步入中年這件事，所以看起來這麼開心；因為她們沒有逃避身為中年人這件事，所以看起來威風八面。

仔細一想，我發現自己也是一個無所顧忌的中年人。雖然每天都會有不同部位疼痛或發癢，心情也有所起伏，非常辛苦，但是，很意外地，我每天都過得很開心。我以過去的經驗為借鏡，拚命思考沒有碰過的事情該如何應對；因為受到別人的幫助而慌張時，也感受到一股滿足。

如果我碰到年輕時的自己，一定會對她說：

「中年人也和你一樣，都是人類。而且，很意外地，中年是一段非常開心的時期。」我想，年輕的我應該會露出一副「你這個歐巴桑在說什麼啊」的表情。

「年輕人就是這樣」我想現在的自己，應該已經有守護年輕人的肚量。

最後，在本書出版之際，我要感謝與我一同走在中年這條路上的集英社金野加壽子小姐的大力相助。同時，也要對看完這本書的各位讀者，致上誠摯的謝意。

二〇一五年春

酒井順子

人生散步 LWH0001

人到中年，更是理直氣壯

作者—酒井順子
譯者—吳怡文
主編—李宜芬
責任編輯—楊佩穎
美術設計—蕭旭芳
執行企劃—張燕宜、石瓊寧
董事長—趙政岷
總經理—趙政岷
總編輯—余宜芳
出版者—時報文化出版企業股份有限公司
10803台北市和平西路三段二四〇號四樓
發行專線—（〇二）二三〇六—六八四二
讀者服務專線—〇八〇〇—二三一—七〇五
（〇二）二三〇四—七一〇三
讀者服務傳真—（〇二）二三〇四—六八五八
郵撥—一九三四四七二四時報文化出版公司
信箱—台北郵政七九～九九信箱
時報悅讀網—http://www.readingtimes.com.tw
法律顧問—理律法律事務所 陳長文律師、李念祖律師
印刷—盈昌印刷有限公司
初版一刷—二〇一六年七月二十二日
定價—新台幣二八〇元

國家圖書館出版品預行編目（CIP）資料

人到中年，更是理直氣壯 / 酒井順子著；吳怡文譯. -- 初版. -- 台北市：時報文化, 2016.07
面； 公分. --（人生散步；1）
ISBN 978-957-13-6716-3（平裝）

861.67 105011431

ISBN 978-957-13-6716-3
Printed in Taiwan